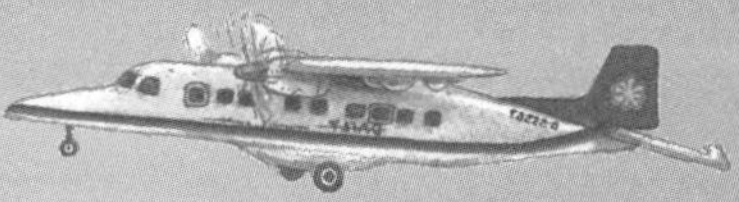

蘭嶼行醫記

台灣原住民 28

拓拔斯・塔瑪匹瑪 ◎著

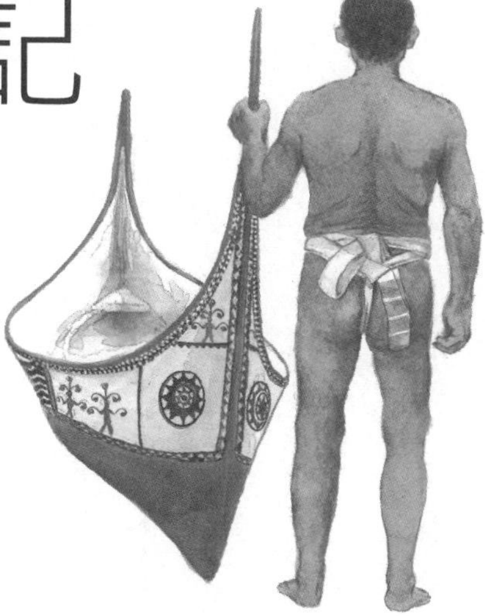

晨星出版

【推薦序】

山與海的對話

吳錦發

十八世紀末，當西方探險家坐著船，來到台灣東部的海岸，看到花東斷崖，從海平面陡直插入雲霄，高達兩千多英呎，頓時目瞪口呆，天地間一切似乎都靜止了，他們只能靜靜地聆聽海浪拍岸的聲音，這是西方人第一次聽到福爾摩莎山與海之間的對話。

山與海的對話，其實在蘭嶼島也進行了千萬年。可惜沒有人懂得它們的語言。

也不知道是怎樣的因緣，屬於「山的民族」——布農族的醫生作家拓拔斯來到了四面環海的蘭嶼島，在這裡行醫，和屬於「海的民族」——達悟人展開了三年八個月的對話，如今，拓拔斯把這將近四年間所記錄的「山與海」的對話，集結出了一本書《蘭嶼行醫記》。

二十世紀最偉大的文化人類學家李維史陀，曾經說過這麼一句話：「我一生中最大的興趣，是看到兩個不同民族文化相會時激起的浪花！」

而拓拔斯正巧是記錄了這些時代「浪花」的見證者。

不同於他昔日的創作《最後的獵人》、《情人與妓女》，絕大部分的篇章都集中描繪布農的世界、山的世界，《蘭嶼行醫記》把筆鋒轉向離島蘭嶼，在那兒，拓拔斯的「山的思考」遇到了達悟人「海的思考」，用「山」的觀點要去了解「海」的思考，這當然是不容易的事，拓拔斯卻依恃著對「人」的關懷，對「人」的溫暖，對「人」的寬容，找到了「山」與「海」之間的聯繫，拓拔斯是學習那山澗清涼的溪的精神，以著認識母親的胸懷投入海的懷抱之中。

自從「原住民」被「正名」之後，其實有很多的台灣人被導入了更大的「誤解」之中，他們以爲，台灣存在著「一個」民族，叫著「原住民」，這眞是天大的誤會，台灣「原住民」其實是「一個以上」的民族，各民族有其不同的道統、語言、文化和歷史，其間的差異性是極其巨大的，就拿拓拔斯所屬的「布農族」，它和「達悟人」的距離，恐怕比台灣人和日本人之間的距離還要遠！

拓拔斯到蘭嶼去行醫，在文化的距離上，其實，差不多等於是到「外國」行醫，其間思想觀念上的差異，以及他這些歧異帶來的種種衝擊，想必也一定在拓拔斯心中留下深刻而永難忘懷的印象吧。

在《蘭嶼行醫記》中，拓拔斯表現了比以往更謙虛也更冷靜的態度，他在這本「隨筆」似的書中，表現得更像是一位文化人類學家而不是純粹的文學家，但行文之中，又不失他一貫保持的布農作家的機智和幽默！

譬如：當他寫到觀光客對達悟人「尊嚴」的漠視這個課題時，他是如此處理的：台灣來的觀光客以拍一張照片十塊錢的代價，要穿著丁字褲的達悟老人擺出姿態，讓他們拍照的尷尬時刻，他也拿起照相機，到海灘上尋找身材曼妙的女觀光客，要她們也讓他拍張性感照片。

「只照一張，可以嗎？多少錢我照付！」拓拔斯以鎮定的態度提出要求，但他得到的竟是嚴厲的斥責！

「我們才沒有那麼賤，休想以金錢買我們的人格。」

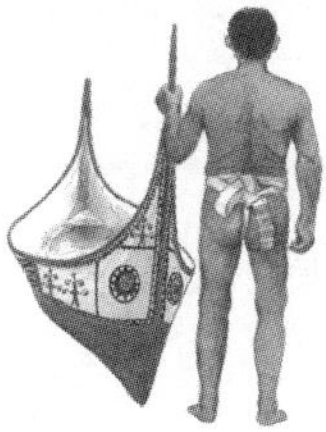

爲什麼外來的台灣人，用金錢要達悟人穿丁字褲讓他們拍照不是「下賤」的行爲，而原住民要以金錢請求她們給他拍張照片時就是「下賤」呢？拓拔斯一句話也沒有多說，很巧妙地以對比的手法，把事情的本質交代了出來，拓拔斯把這篇手記命名爲〈不快樂的星期六〉。

李維史陀喜歡看到不同民族文化相會時激起的「浪花」，因爲就在這些「浪花」之中，當隱藏著許多寓意深刻的東西，這些東西則往往將我們帶入和往日截然不同的思考領域。

在一篇命名爲〈颱風飆雨後的夜晚〉這篇記事中，拓拔斯以旁觀者的立場記下了這樣一則故事，他三更半夜被叫起來爲一隻被狗咬死的羊「驗傷」，以確定達悟人養的羊是被「國軍」養的「軍犬」咬死的，在蘭嶼唯一權威的「醫生」鑑定下，「國軍」終於「認罪」賠了達悟人的羊。

最精采的是接下來的發展：軍人賠了錢，堅持要把羊拿回去煮；他們的理由是：既然賠了錢，等於買下了羊，所以羊肉當然應該歸他們。

但是，達悟人的思考邏輯是另外一種：他們認爲，在台灣撞毀別人的車，對方賠錢修車之後，車子還是歸屬原車主人，達悟人拿走賠償金和死羊也是一樣的道理。

在這裡，拓拔斯導引我們看到了，兩種族群文化交會時激起的「浪花」！

在《蘭嶼行醫記》中，類似這種令人驚詫，繼之啞然失笑，最後陷入深沉思考的故事比比皆是。

有誰料想得到這樣的思考呢？達悟人認爲迷你豬被蘭嶼的飛機撞死，航空公司因之怒責達悟人「讓豬太自由」，這是不對的，過錯是在飛機，不是豬，因此「把飛機用圍牆圈起來，飛機就不會再犯錯去撞死迷你豬了！」

蘭嶼一直被台灣人理所當然地認爲是我們「國土」的一部分，但是，我們到底對生活在蘭嶼的達悟人又了解多少呢？達悟人對「政治」、「國土」的看法又是如何的呢？

拓拔斯轉述達悟人的說法是這樣的：日本人帶來一面正午通紅的太陽旗子，插在島上，宣稱蘭嶼是他們的國土；當日軍戰敗降下「正午的紅太陽」旗之後，蘭嶼島又被插上了另一面旗子，一樣是太陽，但這次的太

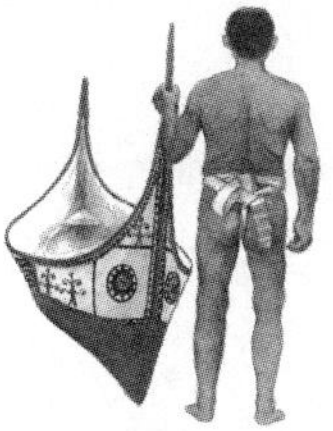

陽「像是處於惡劣的天氣而失去光輝」，白日頭上長了十二粒像有菱角的「菜花」！

的確，《蘭嶼行醫記》不是一本「很好看」的美文，它沒有刻意去雕琢文字，也沒有像現代英美美學講究的文章的「結構」、「語言技巧」和「敘事觀點」，因爲這些都不是拓拔斯關切的東西，那麼拓拔斯關切的是什麼呢？有一則曾經發生在拓拔斯身上的事，也許可以解釋得更清楚。

據說有一次，省衛生單位的高官們想要了解蘭嶼的「醫療衛生狀況」，下了一紙公文，叫拓拔斯到衙門向他們作簡報。

拓拔斯在官方的簡報室，向這些坐在冷氣房裡的「長官」放映幻燈片解說，拓拔斯指著幻燈片上出現的「蘭嶼角鴞」、「珠光黃裳鳳蝶」等動植物影片，滔滔不絕地解說：「這是國寶鳥，這是國寶蝶，政府把牠們列入保育的對象，編有大筆經費保護牠們，這是蘭花……。」

拓拔斯足足說了十分鐘，恍如在當動植物解說員，搞得官員老爺面面相覷，最後一位低階公務員忍不住走過來提醒他：

「田醫師，今天是要你報告蘭嶼的醫療狀況，不是……」

推薦序
山與海的對話

「哦，哦」拓拔斯故作領悟狀，打出最後一張幻燈片。

「這種動物叫作達悟人，他們是蘭嶼島唯一不受政府保護的物種，他們的境遇不如一頭蘭嶼迷你豬！」

當簡報完畢，燈光亮起，拓拔斯看到了那些高官們鐵青的臉。這便是拓拔斯，也因爲是這種性格的人，才寫出《蘭嶼行醫記》這樣的書，這種文學也許並不符合「台北派」文評家好書的標準，但是我相信拓拔斯並不在乎這些，他只是帶我們去海邊，指著那種撞擊岩石而激起的「浪花」大聲地說：「看哪，那麼高的浪，颱風就要來蹂躪蘭嶼島了！」

至於，浪花美不美？大家看得過癮不過癮？這根本不是拓拔斯關心的焦點。

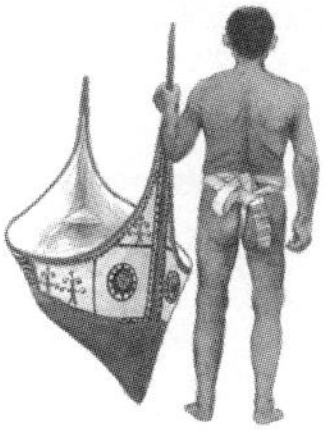

【自序】記三年八個月的蘭嶼行醫日子

拓拔斯．塔瑪匹瑪

我寫作的歷程中，最難忘的兩位前輩，一位是我國中的國文老師，他是詩、散文、畫畫作家，筆名王灝。他曾給我九十八分的作文成績，且很興奮地告訴我：一百分是老師的作品，再扣一分是因爲我太年輕，需要更多的磨練與生活經驗——他的啓蒙激發我創作的企圖心。爾後認識的名作家吳錦發先生，他不吝指導與鼓勵，讓我寫作的路很好走。

本書集結一九八七至一九九一年我于蘭嶼島行醫的作品。在三年又八個月離島行醫日子中，每次回台灣島，我總會借宿吳錦發澄清湖的家，一定聊起蘭嶼島的種種，他勉勵我把蘭嶼行醫經過書寫下來，提供另類醫師的行醫經驗。然而行醫中我無法很專業地創作，只能筆記式地記錄蘭嶼行醫情事。回台灣島之後，又面對更繁忙的人事物，更無法提筆創作，每

自序
記三年八個月的蘭嶼行醫日子

每翻閱筆記本，心中總覺得遺憾。

近年以來，結婚生子後，我的女人發現我未完成的手稿，她很體諒地給我充裕的時間寫稿，讓我很放心地繼續創作，卻不影響行醫工作及家庭生活。

為此，特別感謝我趕稿日子裡被冷落的女人——伊布及兒子——勞恩。

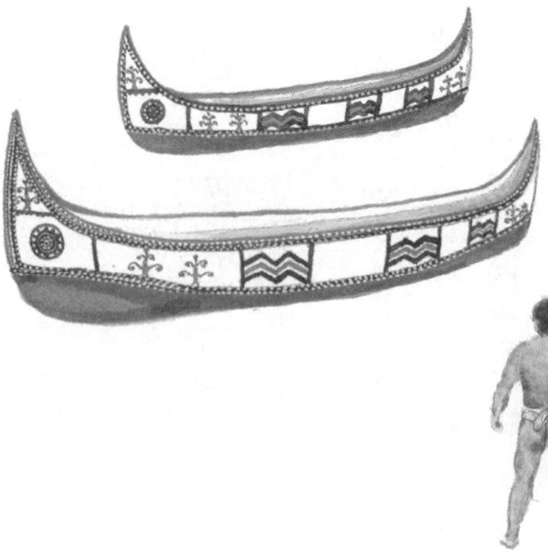

目次 蘭嶼行醫記

卷二・藍色大冰箱

目次

蘭嶼行醫記

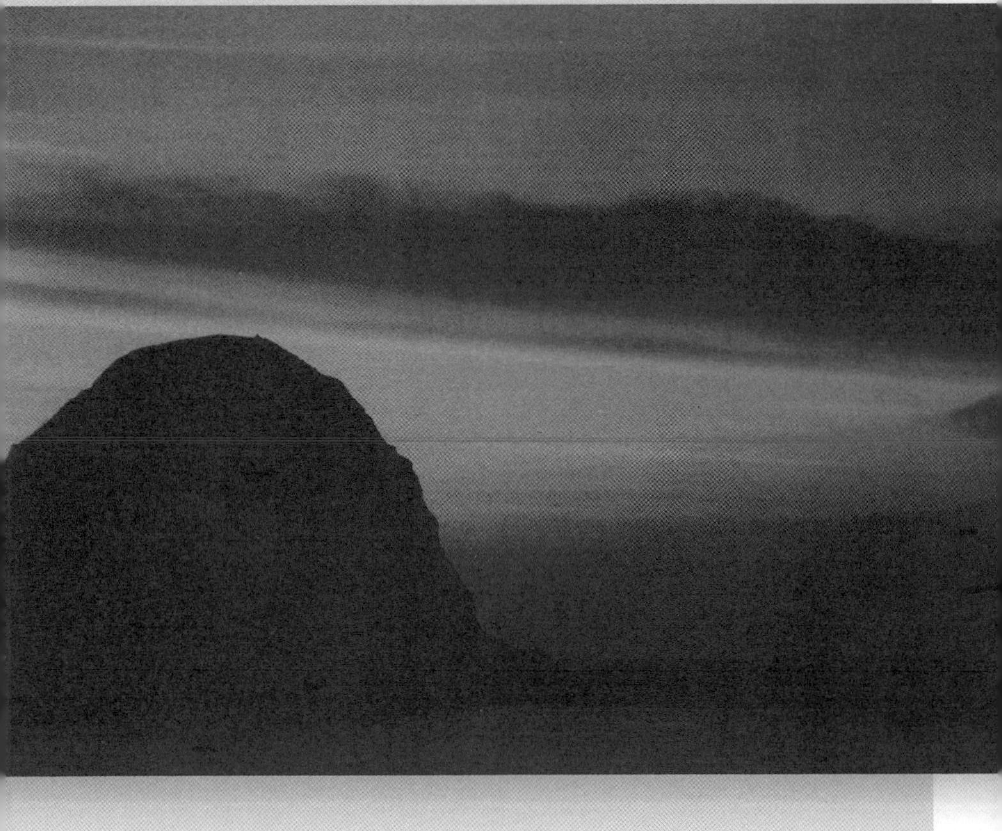

卷一

我要當
蘭嶼島的醫師

我要當蘭嶼島的醫師

遠離山中故鄉來到高雄，花費近上班一天的車程，折磨我肥肥的兩片大臀肌。當我站立高雄市立文化中心廣場時，屁股麻痛的感覺正緩緩減弱。我大力擴展胸大肌，讓夏天午后熱情的陽光直射身體的每一部分，曬得我心情格外舒暢，如同南臺灣的風在空曠的廣場自由流竄般。這是上個月正式脫掉軍服以來，首次感受逃離無形桎梏的快感。太陽漸漸偏斜向西方，我的頭皮被太陽曬得開始發癢了。提起軍用大背袋，趕往串門茶藝館與高雄朋友們會合。

一推開茶藝館大門，正眼就面向吳錦發大作家及數位記者朋友，他們已佔據茶藝館最大號的桌子，正好位在靠南面牆角，不易被別人干擾的好位置，可能爲了方便與久違的朋友高談闊論。

我邊打招呼邊走向他們，離我最近的一位似曾相識的朋友問我正搬家嗎？我覺得有點好笑，本想直接把目的地告訴他們，但不知如何開口，只好對著他們揮揮左手，翹嘴不答話。

記者朋友們向來觀察能力異於常人，我的遲疑被他們識破似，他們好奇地同聲追問。或許我只注意肩上沉重的行李，找到一個空位，立刻丟下背袋，終於可以小聲告訴他們，明天我要去蘭嶼。

看似最年輕的記者朋友反應特別靈敏，問我去蘭嶼服兵役當醫官嗎？

我及時攔截他們猜測的話題，輕輕地向朋友們說明，我要去蘭嶼當醫師。或許眞的是像前往離島當醫官，唯一的差別是我要去蘭嶼。

朋友們安靜地仔細聽著，當我再次提到「蘭嶼島」大家突然躁動起來，七嘴八舌說了一堆激動的話，他們聲稱是一則值得立即報導的新聞，其實我心裡明白，他們找到了新聞稿的題材資料罷了。

當我坐定位之後，急忙懇求放下他們鋒利的筆，不可把我要去蘭嶼當新聞，因爲我的雙腳還踏在台灣島，其實我對蘭嶼島完全陌生，雖然陌生可以激起我嘗試的企圖心，萬一途中有變卦，轉身回台灣；即使順利到達蘭嶼就職，萬一無法適任，我豈不是成爲一個笑話！

朋友們異口同聲認清我的擔憂，也不再執意拿我當新聞題材。但他們對於我毫無徵兆的決定仍感到意外，於是要求我報告，以補償他們落空的心。

關於蘭嶼島，雖然我曾熟讀中華民國地理，但我腦裡沒有蘭嶼島的想像。我大學三年級時無意中看到報紙上蘭嶼的介紹，從此只記得海外也有山地山胞，他們住在一個自由小島上。

蘭嶼行醫的動機，可要追溯到四年前的一段奇緣，當年爲了參加賴和仙的平反紀念大會，不幸遇上車禍；因昏迷不醒，住進台北馬偕醫院加護病房，當第九天神智漸漸恢復清醒，傳進耳裡的第一句話是「蘭嶼的醫師死了。」原來蘭嶼的醫師與我同住加護病房，一樣推出加護病房，但方向不同，那時由他的家屬口中了解蘭嶼醫師的處境，給了我一個清楚的印象——蘭嶼島的人民缺乏現代醫療的醫療照護。

完成醫學院課業後馬上面臨分發服務，當塡寫志願分發服務地點時，發現醫師們有意避開蘭嶼，我覺得非常有趣，蘭嶼一定是個特別的地方。然而必須服完義務兵役，蘭嶼行醫計劃暫時擱在心底。

服兵役期間，不幸落入被監控、約談調查的困境，讓我體驗白色恐怖令人窒息的空氣，我像隻受困的老鼠，只要逮到後送傷兵的機會，我自願親自護送，然後溜進市郊東海大學圖書館。我相信滿臉是眼睛的偷窺者不會喜歡圖書館，我可以安心地看書。多層書架上我意外發現有關蘭嶼島的報導，瀏覽蘭嶼達悟人的文獻資料，越看越喜歡神祕的蘭嶼島。我相信位於太平洋的蘭嶼島應當還有自由的空氣。當我開始數大饅頭時，遠離台灣的企圖心越來越強烈。正當承受等候退伍令的痛苦煎熬時，我下定決心去蘭嶼服務最需要的人。

結束當阿兵哥的日子宛如完成大事業，手接退伍令的興奮程度勝過獲得醫學士畢業證書，雖然慈祥的憲兵周總司令保證不再保護我。當我前往省府衛生處申請分發蘭嶼衛生所服務時，感到訝異的長官請我在家等候消息，手指著頭興奮地小聲告訴我，需要調查一個月，接到準調派令後才正式服務蘭嶼。我擔心塗上顏色的人身資料會影響我的願望，我以一星期爲期限，否則不再考慮去蘭嶼服務。

蘭嶼的確急迫需要醫師，我如期接到調派令，今天匆匆南下高雄，明天正式離開台灣，前往蘭嶼報到就職。

講述一段我要當蘭嶼醫師的來龍去脈後，有位資深記者以懷疑地口氣問我：「服務蘭嶼幾年呢？會不會像幾年前蘭嶼的史懷哲廖醫師一樣，服務一年就失望地回台灣呢？」

雖然我預計服務十年，然而我像阿米巴原蟲一樣不喜歡被定型，萬一不能兌現講出來的承諾，必定成爲朋友喝酒聊天的笑料。只好搖搖頭，嘴巴吐不出話來。

一位老朋友見狀及時插嘴，大聲的告訴大家，不必以數字衡量別人服務的熱忱，失望與否也是別人服務後的心得，有膽量去蘭嶼服務就值得稱讚了。所以建議去路邊小攤喝酒慶祝，表達他們對我的敬意與祝福。

離開台灣島的最後一夜，我醉倒熱情的高雄朋友家。

安然抵達蘭嶼

搭了五、六小時的車，過了楓港站，車子開始駛入蜿蜒不斷的山路，偶而駛進未曾聽過的小鄉城鎮，一路看見皮膚微暗的人，臉色光亮安然，雖然陌生，但很親切。

不知過了多長的路程，耳裡忽然聽見台東到了，張開疲勞的眼睛，內心懷疑，眼前的房舍及街道眞是個都市嗎？

跟隨乘客下車，第一眼看到「台東車站」四個大字，我趕緊問路找衛生局，希望傍晚前能趕到想了多年的蘭嶼島。

到達衛生局，局裡的人似乎不相信我就是被派來蘭嶼工作的醫生，或許是我簡單的衣著配不上醫師的身份吧！將省府派令遞給他們之後，才慢慢地改變前一刻的疑惑。

事情辦妥後，踏出局門，順著路標前往搭機。

有生以來，常見飛機在頭上飛來飛去，服兵役時的基地正好在空軍

卷一

我要當蘭嶼島的醫師

機場附近，已熟悉飛機的起飛、試飛及降落聲，也常夢想有機會上天空。但是飛機將離地時，心裡感到害怕，霎時變得不能自己，當飛機下的人和物漸漸縮小，我恍然大悟，我眞的離開了可愛的土地，遠離親愛的朋友，躲開……

機身下一片深藍，距離無可目測，心跳越來越急，血液衝上頭顱，腦裡一陣昏亂，口裡默默祈禱，眼睛不時盯住令我不安的空間。

不到二十分鐘，前座的乘客大叫，蘭嶼就在那裡！

我側身望向前方，一塊難於想像人類可生存的小島，海水緊密包圍它，猶如海上一塊大岩石。

它在我眼前漸漸擴大，島上沒有一處如大海一樣雄偉遼闊的平原，正懷疑蘭嶼的人聚落何處？飛機撞上氣流，突然滑落幾十公尺，我的心臟宛如浮上喉嚨，就要由嘴巴滑出來，我趕緊閉上嘴。

飛機迅速降落，機輪著地，如同機輪離地般失重的感覺，沒有安全感。

飛機停住定位，關閉引擎，此時才安心。長吸一口好新鮮的空氣，一陣陣興奮感不斷地衝進胸膛，我終於如願安然抵達蘭嶼。

第一個清晨

眼睛張開，我看見了蘭嶼的第一個清晨。鼻子漸漸恢復知覺，深深吸一口氣，空氣味道不比家鄉差，只是多一股藥味，原來我睡在病房。

這一天我尚未上班，必須先妥善處理住宿問題，然而內心急著想看看全島狀況，拜訪島上人民。我騎一部公務機車，順著同事指引的方位騎去。

不到半天的時間，我繞了全島一圈，走進六個部落，遇上許多和善的老人，我以國語、幾句日語並用手腳與他們交談，島民對衛生所的觀感可綜合三點：

一、衛生所醫生常不在，好不容易湊錢搭公車去衛生所，看不到醫生又浪費車錢。

二、衛生所的醫生亂看病，嘴巴不開，也不用眼睛，手拿筆在病歷表畫完就給藥，害得島民不敢吃藥。

三、衛生所的藥很差，有些人到台灣看病，那些有名的醫生沒看過衛生所的藥。

帶了許多埋怨聲回衛生所，內心自勉，爾後慢慢消滅他們的不良印象，仔細看病，並時時進修以應付求診的島民。

與蟑螂同房

借住醫生宿舍的老人終於不情願地搬走了。我非常高興，總算取得屬於自己的空間，不必再睡滿是藥味的病床。

打開宿舍房門，門板搧出一股怪風，起初以爲是老人遺留的體臭，進屋之後，發現滿地污穢物，一張髒兮兮的木板床外，屋裡空無一物。打開一扇房門，是間沒有馬桶的糞溝，臭氣迎面噴鼻，我毫不考慮地關上門。

門鎖上了，怪味依然附在空氣裡。

走進比天花板矮半截的浴室，牆壁破一個大洞，由地上的肥皂推測，老人臨走前一定洗過澡，我看著洞口，爲他感到羞羞臉。

突然有隻蟑螂飛到褲子上，嚇得我猛然踏地，牠瞪我一眼就馬上往下直奔，跑到褲管邊緣就折上來。我感覺出牠已跑進褲管裡，用兩手拍打褲管，好不容易地終於將牠拍走。

我跑回門旁，慢慢喘氣。心中暗自叫喊，這算是宿舍嗎？這是省府對待偏遠離島醫生的禮遇嗎？

晚上，我不敢太早進入「蟑螂屋」，盤坐在屋前空地，眺望光亮的海面，思念台灣的家，雖不是豪華家園，至少沒有蟑螂的足跡。在外遭遇不如意，朋友是傾吐的對象，現在只能面對海胡思亂想。

想到今後不但不能獲取任何安慰，晚上還要跟平生最痛恨的蟑螂同房。省府人員當時承諾予我的景象一一呈現腦海裡，那裡有宿舍、有一切設備……？

心裡一股衝動，不幹了，但回想這兩天見到島上醫療的貧乏，以及最基本的生命不能平等，又不忍心就此離開。心裡默禱好長一節時間，推開房門，進屋裡將布農巫師施過法術的山豬牙掛牆上，祈佑它保護我，賜我一個安全的夜晚。

睡醒後是個好醫師

早上前來衛生所看病的民眾不到十人，我趁沒病人上門的空檔時間將倉庫裡的漆料搬進宿舍，忘了換掉衣服，就開始在老牆上畫畫。服兵役時曾被迫扮演油漆工人，漆牆壁的工夫勉強可以，因此漆一間房間費時不多，只相等於看十幾個感冒病人的時間，房裡的四面牆煥然一新，濃淡不一的粉紅色，溫暖又迷人。

中午十二點，空氣熱得不能張開食道。我繼續工作。

忙了一個下午，房間的牆壁貼上壁紙，污黑的地面黏了塑膠地板，屋裡的怪味漸漸消散，終於變成了人住的房間。

晚上，我累了，提早上床睡覺，闔上眼瞼前，禁不住暗自微笑，今天我有新發現，我可以是油漆工人、水泥工人，也可以是裝潢工人、地板工人。

睡前祈禱著，明日睡醒後是個好醫師。

聖日

當天地萬物都被造齊，第七日上帝停了祂創造的工作，定第七日爲聖日。

來到蘭嶼這塊陌生地，我累了幾天，安排好了住宿及工作，然而我卻像出生七天的小孩無依無靠般地不安。

這天我出診到野銀部落，路經一座無數小石子築成的小教堂，屋內傳出熟悉的聖歌，吸引我的腳走向教堂。

穿暗黑色聖服並光著腳的傳道者走來迎我進去，會眾瞪大眼跟著我的步伐移動。我快快找個空位坐下來，垂頭閉眼，安安靜靜地默禱。

不久，我抬起頭來，旁座的達悟弟兄遞來一本聖詩，我兩手接住達悟聖詩，口裡小聲感謝他友善的動作。

傳道者及會眾不因我而受點兒影響，禮拜程序一一進行。

當傳道者祝禱完畢，突然有位老人獨唱了起來，會眾隨後合音唱和，我在腦海裡努力尋找這樣的節奏，音律優美令人振奮。歌聲結束後，我興奮的心久久才安靜下來，前座一位老人轉身得意地說：「是達悟人的原聲。」

傳道者以達悟語講今天的主題，從頭到尾我一句也聽不懂，但我可以體會任何一句講詞。我內心得到了安慰，七天以來所受的委屈與困難全被教堂的氣氛融解，心中有了依靠。

我隨意翻翻國語版聖經，小聲默唸一段經句：「你們要行道，不要單聽道，自己欺哄自己。」

看了這段話，更加穩定自己的腳步，我心裡得意地吶喊：「我沒欺騙自己，我做到了！」

禮拜結束，我趕緊換回原來的心情去看病人。

絕不讓病源躲過我的耳目

島上有什麼傳染病嗎？為何病患數隨著氣溫升高而倍數增加呢？而且又以小兒居多。

我坐在舒適的診療椅，慢慢聽病患父母親訴說病情，他們儘可能把病症說得較嚴重，盼望我能集中精神看病。我小心翼翼為病患全身檢查，絕不能讓病源躲過我的耳目。但今天我碰上怪事，小病人除了發燒三十八度上下之外，並無其他症狀。

絞盡腦汁回想小兒發燒的病因，它到底是什麼怪病？難道流行什麼病嗎？或是此地特有的區域性傳染病？

不久，我恍然大悟，可能是身體無法調節體內熱量的緣故，病名叫小兒夏季熱，往往將病人置於通風涼爽的環境，症狀馬上消失。

高溫、濕度重的蘭嶼，不僅少有冰箱，更甭談裝設冷氣機，小孩必然易得此病。

坐在診療椅，我也漸漸感覺悶熱，病人們似乎跟我一樣不能忍受濕熱的氣候。

我天真地想著，如果門診室裝一部冷氣機該多好！這些小病人就留下來休息，不必花錢吃藥打針，病情必然改善。

下午，我抽空打電話給省府官員，讓他們知道島上的醫療困難，我央求長官撥一台冷氣機造福本島人民，上級長官以衛生所歸屬衛生局管轄，因而不處理。

再向衛生局請示，同樣以沒有預算爲由而不理睬。

我突然發覺關愛偏遠離島地區人民，並不是每個政府官員的心意，而只是一項富麗堂皇的政策罷了。

比比腳就知道了

走進衛生所，看到十幾個人坐在候診椅，我親切地與他們打招呼；有人露齒微笑，有的人不耐煩地回禮。我邊走邊斜眼看壁上的掛鐘，八點二十分。

走到掛號室前我停頓一會兒，左耳殼貼近掛號室的小窗口，兩眼正朝向候診病患，耳鼓膜接收不到掛號室內任何呼吸聲。我突然感到很尷尬地垂下眼目，避開他們的眼光，迅速轉進掛號室準備幫病人掛號。

八點三十五分，護士小姐們陸續趕來上班，我故不吭聲安靜地看病，病人一個個按順序進來，然後拿處方簽領藥。

「施××」。

叫了幾聲，一聲比另一聲尖銳，但仍然不見人影。我覺得奇怪起身探頭看，一位老人低頭坐在候診椅，於是請達悟族同事幫忙翻譯，請最後一位待診的老人進來。

老人踏著O字型腳步走進來，邊走邊叫，聲調尖銳，嘴臉擠成生氣的形狀。上一回我因猜錯雅美人的臉色而表錯情，這回不敢斷定老人是否生氣。

「他身體不舒服嗎？」我問翻譯的同事。

「他問我你是不是政府派來的醫生，還問你看病怎麼那麼慢？到底會不會看病？」我不知如何解答這些問題，仔細看病難道錯了嗎？剛剛有個病人因我的細心找到了病源，我才正為此事感到自傲哩！

「瑪你達蘇英英嗯？」我以剛學來的達悟問診語言問他。

「哦！你會達悟語，我這裡痛。」他兩手指著膝蓋。

「有跌倒或撞傷過嗎？」我伸手去感覺他的右膝關節。

「過去醫生開的處方對病痛有幫助嗎？」

「你怎麼這樣囉嗦？以前醫生看我比比腳就知道了。」達悟同事把老人的話譯成國語。

處方開完，病人臨走前表情看來不很高興。

協助翻譯的同事向前安慰我。「你可能不相信，有些醫生不很甘願地被政府派來，有時一個月內不見蹤影。他們聽不懂達悟語，但手開處方時不會發抖，有次藥房小姐因不敢拿藥給病人服用，於是哭著跑回宿舍。」

我稍稍明白了，爲什麼他們不習慣醫生慢慢看病的原因。

好在這樣的早晨在蘭嶼

昨天的日子眞奇怪，整夜不能進入熟睡狀態，不是想念朋友，也不是思念鄉親，曾令我心驚膽跳的宿舍已完成裝扮，鬼蟑螂萬萬不敢偷襲，整夜就是眼瞪天花板發呆。

不知不覺我可看清天花板上的蜘蛛網，往窗外看，光線透進毛玻璃，折射再折射，直入我的視網膜，柔和的光線使我聯想東方已發紅了。

我伸直懶腰起床，兩腳套上球鞋，穿著露出大腿一大截的短褲，準備跑去海灘散步。

我邊走邊擴展鬱悶的胸膛，路過隔壁第三家的亭子，我揉揉浮腫的眼睛，調節瞳孔，看到亭上一位貪睡的大小姐，和她不知不覺露出的皎白滑嫩的大腿。

我小聲地「嘖、嘖、嘖」叫著。

走過亭子，我搖搖頭想著，好在這樣的早晨在蘭嶼，如果是在台灣城市，這涼亭可要出名了。

頓時，內心得到一點安慰，缺乏科技物質的蘭嶼也許沒有壞人。

五十元一條命

下午有一位國語不標準但多話的遊客來看診，不慌不忙地告訴我，他騎機車環遊台灣，昨天抵達台東時，路旁美景拉住了他的心，車前輪不小心踩到小石子，瞬息間失去重心而摔跤，還好只是膝關節皮膚擦傷；剛才在海灘玩水時，海水沁入肌骨，痛得忍不住了，幸好經達悟路人指引來衛生所換藥。他很意外又興奮地告訴我，曾經在人間雜誌的封面上見過我的臉，突然之間我們變得可以聊起話來了。

他是馬來西亞僑生，十位兄弟姐妹裡排行第八；祖父由中國大陸逃避共匪到台灣，父親隨親友遷居馬來西亞作生意，家境還過得去。前年他母親不幸發生嚴重車禍，也正好是八月十日，醫師宣稱唯有打開腦殼手術才能保命，好在他們已入籍馬來西亞，他們只用約台幣五十元掛號費，救回了母親一命。他說完五十元救一命的故事後，口中不斷唸「阿彌陀佛」，慶幸自己只是在台灣受了擦傷。

傷口處理完畢，他走到繳費窗口前，臉色瞬間變了樣；很不情願地掏出三張百元大鈔，兩眼看著我，我趕緊伸手指著港警所門前掛的青天白日滿地紅旗子，然後對著他無奈地苦笑幾聲。

不快樂的星期六

中午，樓上行政辦公室傳出吵鬧聲，同時有人提行李走下樓，興高采烈地告訴我，今天是星期六。

假日的海似乎懂得取悅人，任何人看到它眞想緊緊地趴在沙地上。下班後，我趕快換上泳褲，提相機跑去，打算泡海水直到日落。路經紅頭小沙灘，已有許多遊客在沙地上擠成一堆。有人穿整齊衣服，有人穿著迷人的泳衣，他們手上拿各種名牌相機猛拍照。

我好奇地走向人群，把我的雜牌相機藏在腋下。

他們偶而比手劃腳，偶有傳來爆笑聲。我找到一個人寬的空隙，看到十幾張拾元鈔票前站著一位僅穿丁字帶裸身的達悟老人。

達悟老人彎腰拾起鈔票後，臉色羞答答地兩手平放腿上，每條肌肉明顯地刻劃出扭曲的紋路，宛如被罰站而每個細胞生氣的小學生。

遊客們擺出各種姿勢猛按快門，不知他們想捕捉什麼畫面？

我掉頭走向沙灘，走到漲潮海浪衝上岸的沙地，脫下球鞋光著腳底接觸微細砂粒，我拖著腳向前走，心裡一陣陣癢感。

眼前出現兩位遊客，她們如姐妹般並肩躺在沙地上。七月熱得可穿透人體的太陽，毫不保留地將她們的美映入我的眼底。

我立即拿相機瞄準她們，正準備捕捉住上帝創造的美，有個粗魯的喊叫聲，差點震掉我手上的相機。

淺灘上同時出現一個男人，追逐波浪迅速跑上岸來，五官擠成一堆，露出兩顆大門牙。

「喂！不要亂來，試試看，我會讓你的底片泡海水。」

兩位女遊客摸著半露的臀部，莫名其妙地站起來，跑到那男子旁，呆呆的臉孔還不知發生什麼事。

「只照一張，可以嗎？多少錢我照付。」我鎮定地回答。

「我們才沒有那麼賤，休想以金錢買我們的人格。」兩位美麗的女遊客異口同聲地罵道。

魔鬼般不友善的嘴臉令我感到不安，趕緊說聲抱歉，轉身就走回去。

我邊走邊踢沙石，內心悶悶不樂，怎麼遇上這樣的星期六。

魚

八月，蘭嶼正享受陽光最親密的愛顧；我整天在門診室裡工作，依然感覺到它的溫暖。下午不到下班時間，我的心早被吹過窗門的海風拉走。進藥房整理醫藥箱後，準備前往野銀部落，訪視一位海洋獵人，他得了一種特異疾病，病發時好像魔鬼拿木釘鑽入全身大骨關節裡。

跨上摩托車，騎到沿海岸伸展的環島公路，右側海面反射耀眼的光線，使我近視過重的兩眼不敢直視海水，只能感覺它的藍，以及無法形容的美。偶而瞇眼欣賞路邊肥肥的地瓜葉與草叢，追逐受驚逃跑的候鳥。

上月初來蘭嶼衛生所報到，心裡興奮壓抑住天生靈敏的感覺；如同進入奇異世界，樂昏了頭。今天才發現更多美麗的景物，就如路旁清澈透底的大海，香甜的空氣，柔軟的臉型種種，一切溫馨感覺，增加我對陌生地的神秘感。

我扭轉油門手把加足馬力，繼續往野銀部落駛去。

騎到部落外半公里處，我放慢車速，斜坡上部落正面對斜陽，反射回來的光線照得部落分外明顯，家家戶戶庭院前擠著一堆堆的人，他們祭拜什麼嗎？

停住機車，手提醫藥箱走入部落。

走近一戶庭院，看見他們正剝開魚肚子，有人把嘴移向魚頭，嘴唇一收緊，食道與肚子強力收縮，半秒鐘後，臉上露出稱讚的笑容。他們生吃魚眼睛。心想這是他們眼力好的理由吧！

「國該夷（你好），那是什麼魚？」

「哦！它們叫女人魚，姑依尚（醫師）。」

「賣我五條，可以？」

「不行，不能賣。」

「三條就好？」

他繼續剖開魚身，沒有答話。

他堅決不賣的態度把我愣住，原以爲口袋裡的五百元鈔票可以換得鮮美的女人魚。我低頭悄悄走開，不敢問爲什麼。

走到另一家，他以他的魚是親戚分送爲藉口，很有禮貌地拒絕我。

「賣給姑依尚是可以，萬一被參加撈魚的朋友知道後，不但要受責罵，恐怕以後再也分不到魚。」

習慣以金錢取得任何事物的我，此時此地發現金錢的無能。我不願再碰釘子了，埋頭避開他們豐收的喜悅，快快走到我來看診的病人家裡。

進到蘭嶼傳統地穴屋裡，直接跟病人交談，追蹤他的病情，再次確定診斷是潛水夫病之後，再次給予症狀療法。

病人蓋著一塊可避邪的麻布，揉著打完針的手臂，口裡說出感謝的達悟話。

「姑依尚，你想吃魚嗎？」

病人似乎了解我心中欲望，他無力地喊叫屋前正處理魚的兒子，拿兩條新鮮魚送我，我毫不遲疑地雙手收下，然後說了一堆謝謝。

走出野銀部落，我慢慢覺悟，誠懇原來比金錢更有用。

美麗的島上沒有安全感

巡迴醫療車停在朗島村衛生室前，在車內我正爲一位小病人做風濕熱的初步診斷，突然我認識不久的一位青年跑來，他慌慌張張的神情使我聯想到急症病患。

自從脖子掛上聽筒以來，這種預感從未失靈。他一開口，眞的有人受重傷，我站起來，不慌不忙地請他帶病人來。

他點個不明顯的頭，轉身就跑。

我繼續看診，並且心裡預備好等候受重傷的病人，等了一會兒，不見年輕人及病人。看診結束後，我決定獨自走進部落找他們。

走到部落中央大道，發現露出頭的沒剩幾人，我感到很奇怪，他們應該是擠在出事地點，難道他們沒有好管閒事或袖手旁觀的習性嗎？仔細觀察整個部落，那位年輕人不見了，我繼續向前走。有些人躲進涼亭裡或石牆後，我沿著他們注視的目標走。

眼前出現身穿丁字褲、頭戴傳統帽的壯丁，他手握短刀四處揮打，並且擺放竹竿在房屋附近，直覺告訴我病人就在那屋裡。

平時如一家人般親密的村民，現在沒有人敢走近周圍擺竹竿的房屋。

「我進去屋內，可以嗎？」我向站在涼亭旁的阿嫂請教。

「姑依尚（醫師）可以。」

我放慢腳步走下石梯，漸漸地對黑漆漆的老屋感到懼怕。我站在石梯停頓一會兒，心裡想著：既然已走到這裡，管他的。

我看到石板上一片血塊，我順著血跡爬進屋內，看到一位老人縮身跪在角落，手拿一件舊褲子塞住嘴，還有一位臉上沒有皺紋的少婦，看著老人不知所措的樣子。

我介紹自己是醫師，很有信心地告訴他們，我可以醫治老人的傷，於是立刻帶他上巡迴醫療車，載回衛生所。

回衛生所途中，聽取他受傷的經過，並且心裡盤算著如何醫治他，原來他從半屋頂高的石階跌倒，下巴首先落地。

送上衛生所診療台，首先讓病人照X光，進一步了解受傷的深度。

「X光機壞了。」護士無奈地說道。

我的心涼了半截，或許先把大出血控制住才好吧！

我們在簡陋的外科室將傷口縫合，面對在旁拿短刀的家屬點頭微笑，向他們表示血流止住了。

突然病人直起身來，隨即咳出一堆血塊。

「完了，血塊到底從何處流出來？」我自言自語且腦裡一片混亂。查遍整個口腔，出血點似乎不在口腔裡，如有X光檢查多好？

我突然間失去能力般，心情慌張，地下泉水般噴出的血水搞垮了我的信心，必須向外求援。於是通知航空站，費一番口舌請求挪出三張座位，順利把病患往台灣送。

在機場看著飛機昇空，心裡爲他默禱，盼他活著回來。

今天忽然懷疑自己的能力，懷疑衛生所的設施，是否可以保障蘭嶼人民的生命？反省之後，總覺得活在這麼美麗的島上，眞是沒有安全感。

偉人賜吉兆

首次進入位於開元港上方的蘭嶼行政區，準備列席鄉民代表大會，聆聽鄉民的意見。雖然同事們事先提醒我最好塞住耳孔，並點名告訴我那幾位代表專挑衛生所的瑕疵，但我心中坦然，很自在地拉直脊椎挺胸向前走。突然眼角出現一身黑的人影，轉頭直眼注意瞧，他跟我一樣是抬頭挺胸，然而相較之下有些差別，他的兩腿張開，非常神氣地站在石柱上。

我喜歡幻想的大腦瞬息間浮現好幾個影像，達悟人的英雄嗎？蘭嶼島的開山始祖嗎？達悟雕刻藝術家嗎？然而他長得不太像達悟人。

好奇心引帶我雙腳走近石柱仔細瞧，海風侵蝕了雕像的顏料，但是炎黃子孫的臉型沒變樣，開創蘭嶼行政區也算是偉人嗎？抑或是來蘭嶼捨身取義的義人呢？

我睜大眼詳細讀石柱上模糊不清的文字，突然口遮不住驚訝地大喊：「啊！是你！」然後緩緩舉頭看著他的臉，我嘴巴差點笑起來，心裡想著，他怎麼也在蘭嶼？！

或許離開台灣太久了，忘了哪些人才有資格站在大理石柱上，他正是台灣四處擺置供人觀賞的統治者，他真的是個偉大的人物，不但不嫌棄遠離中原的小小離島，而且照顧達悟人之後，不忘站在這裡統治蘭嶼島。

就如我布農祖先相信吉鳥賜吉兆一樣，我也篤信凡事有預兆。當我跨過偉人在地上的影子，他已給我了吉兆好運，絕不會如同事們形容被惡毒地質詢，我會順利又愉快地開完會。

小傷口難不倒達悟人

巡迴醫療的診療工作結束，我站起來收拾桌上醫療用具，抬起頭就要離開，看見一位左肩靠門板的小女孩，雙眼羞怯地看我，喉嚨裡似乎有話要告訴我。

她的臉色迅速起了變化，血紅色浮出臉皮表面，同時緩緩移動右腿。我的大腦得著答案似鬆快起來，她的腿一定得了病。

我終於想起來了，四天前，這位小女孩騎腳踏車摔倒，及時被路人送來衛生所，我在她膝蓋傷口縫了四針。

看到她僵硬難以伸展的動作，可想像傷口惡化的程度。她必須帶回衛生所治療。

回到衛生所，將小女孩抱上診療台，幸好達悟人是吃魚的民族，她瘦得不費我半臂之力。

我打開敷蓋傷口的紗布，來不及檢視傷口，黃褐色膿汁噴出來，差一個手掌就噴灑我臉上。心裡邊唸她的疏忽邊割開傷口，引流出已變成褐色的膿汁，像噴泉由傷口深處冒出來，膿血流不停。

小女孩不斷地哭叫。我小聲責罵她，怪她不聽我的醫囑，沒有每天換藥，傷口已潰爛，附近組織及深部組織也受污染。

小女孩的傷口處理完畢，公車前一分鐘路過衛生所站，我看她沒有口袋的衣褲，就猜中她沒錢付藥費及車費，因此騎機車載她回家。

又回到椰油部落，遇到幾位阿嫂，她們受委屈似地告訴我，小女孩的母親責怪她們爲何讓醫生帶走她的女兒。

我坐在小女孩家沙發椅，她的父母慌忙地以達悟語問她，似乎忘了我的存在。

不待她們說完話，我以懷疑的口氣問她們，爲何讓小女孩的傷口痛了四天？而且不帶她來衛生所看病。

他們以無機車代步爲理由，一會兒又說沒有車費及醫藥費。

我斜眼看桌上一隻北京烤鴨。他們迅速澄清我的疑惑，告訴我烤鴨是台東的朋友託飛機運送來，然後得意地大力吸一口香煙。

我告訴他們小女孩的傷口情形，他們似乎沒聽到「傷口」兩字，還繼續討論烤鴨。我慢慢明白，即使我以醫學觀點來討論或建議，在這屋裡可能變得毫無意義，說乾了嘴，他們或許堅持那小傷口難不倒達悟人。

不待血液衝上頭，我趕緊向他們道別，離開可能使我失態的爭論。

因為老邁

上月的第二個禮拜四，當我正在部落巡診時，一位中年婦女走來醫療站，她告訴我，前幾天她發現她叔叔晚上睡到白天，白天又睡到天黑，好像是病魔害他無法下床。於是引導我到她叔叔的傳統主屋裡，請我幫忙看她叔叔的病痛。

好多年以前，他潛水獵魚時，發現手關節疼痛，但他還是可以上山下海，因不影響任何活動而忽略疾病的存在，就在前幾個月圓的某一清晨，他早已變形的雙腿僵硬疼痛，差一點起不了床，然而他的小孩都去台灣島賺錢，留下他孤單一人，必須忍痛下床準備每天的食物。一天一天地過去，他漸漸因難忍疼痛而活動受限。

仔細問診並詳細檢查後，我初步診斷是退化性關節炎，開處方給藥之外，也給他許多建議，然而他似乎不能接受，最後給予免費治療才勉強把藥收下。

剛來蘭嶼不久，民眾還不認識我，病人不能信賴我的醫療能力，我想治好這位關節炎而病倒的患者，建立自己的醫師形像，好讓蘭嶼島民很放心地接受衛生所的醫療服務。於是我幾乎天天跑來爲他治療，補充體液使他精神飽足，卻萬萬沒想到反而讓他不必下床準備食物，減少了他的活動量，更加重全身關節僵硬程度；他逐漸消瘦下來，病況不因我給的處置而改善。有一天，當我問他的飲食吃藥狀況時，他因走不到排泄廢物的地方，而且相信病魔再厲害也會餓得逃走，所以已禁食多天了。我四處尋找他的食物時，發現我送給他的藥擺在屋角下成一堆。

今天，我再去訪視他時，發現一大塊木板擋住他的屋子入口，我猜想可能被台灣工作賺錢的孩子們接到台灣就醫，我心裡爲他感到欣慰。轉身走回去時，一位自稱是病患家屬的年輕人走來問我的身份，知道我是衛生所醫師後，告訴我那位關節炎病患已埋掉了，他向我申請多份死亡診斷書，以便他們申請各項補助。

一時之間，我不知所措，死亡診斷書可以回去開給他，但是死因寫什麼，餓死嗎？家屬會不會被控告遺棄；不明原因嗎？對不起死者，且要台灣的法醫來開棺驗屍；退化性關節炎嗎？我會被醫師們嘲笑，我突然感覺來蘭嶼寫第一張死診也困難的尷尬。

回衛生所後，我仍然找不到最適合的死因，翻閱前輩醫師開立的死診單，發現一個非常貼切的病死因，雖然死者上個月才滿四十七歲，抄寫「老邁」兩字後，拿給等候許久的死者家屬。

我太天真了

「瑪你達蘇英英恩。」我盡量注意嘴形慢慢說。

「喂，姑依尚（醫生），你來多久了，你很像是我們達悟人哦。」

「不像，他是日本人，看他好帥的小鬍子就知道。」

「不對，高高的鼻子加上黑黑的臉蛋，一定是印度人。」

「你們猜錯了，我是布農族人，跟達悟人一樣被稱作山地同胞。」

在島上不到一個月的時間，他們口裡已有我的存在，當我回答他們，個個以亮大的眼睛看我，沒有一點陌生。

高興的心情尚未平靜，衛生所門前有部大黑車突然停住，來不及看清何種廠牌的進口車，後門被腳踢開。

一位婦人扶起一個老男子，他們看似一對夫妻，婦人肩披一件發黃的傳統服，據說可以避邪，男子擁有中國大陸的臉型，嘴角與眉毛斜向左臉。

我向前與婦人合力把病患抬上檢查台，發現他上半身往前收成一團，右手緊抓失去肌肉張力的左臂，上氣不接下氣，下嘴唇流出黏黏的液體，聽不出喉嚨說些什麼？

婦人推開病人尚未坐穩的身體，跑到車旁與司機嘰咕幾句，放下一張五百元鈔票又折回來。

「哦，我的天，一趟五百元。」我自言自語感到驚奇。

婦人從容不迫地敘述病人的症狀與病史。

十年前，病人曾發生一次腦中風，病癒後留下行動不便的後遺症。今晚洗澡時不幸跌一跤，左手及胸膛狠狠地撞地，翻得四肢趴地，從此左半身失去知覺。他並且患有久治不癒的高血壓，以及他太太翻譯不出來的老毛病。

護士量血壓以及脈搏、呼吸數之後，我仔細檢查身體，發現他呼吸不順的嘴臉，兩唇發紺。拿聽診器貼近他胸膛，我皺起眉頭，他的脈搏急促但無力，呼吸聲很微弱，幾乎被鼻毛摩擦聲掩蔽，偶爾發出無自覺的咳聲。

除了已被確定的再發腦中風，他的胸部一定出了問題，安排心電圖及X光檢查就可證明自己的診斷無誤。

「心電圖早已成爲古董，林懷民送的X光機也被糟蹋了。」護士小姐失望地告訴我。

我愈想愈急，就算是肺水腫或瘀血，簡陋的藥庫能發揮多大功能？一陣手忙腳亂，不知下一步如何處理。正當腦海一片空白，轟隆隆的螺旋槳聲提示我往台灣後送。我們趕緊通知機場訂機位，同時迅速把病患送往飛機場。

病人在疑似心臟衰竭情況下，罩上氧氣、搭機離開蘭嶼。回衛生所途中，我望著太平洋嘆息，我發現自己能力微薄，在沒有基本設備的環境裡工作，卻瞎想以最大的心照顧病人。

我太天眞了！

有些淡薄了解

每當病人開始對我產生好感時，總是很直率地問我是官派公家醫師嗎？還是自願服務的醫師呢？好像大家腦裡儲存官派與否不同的印象。雖然我明白回答他們，官派醫師也可以是很守本分；自願調蘭嶼的醫師也可以很混，但是病人仍然想知道，我是不是自願來蘭嶼服務的醫師？

聽了多次重複的疑問，逼得我很想了解問話的動機及目的；經我不厭其煩地查問，我可以感覺蘭嶼人遭異族傷害太深了。當蘭嶼人之島尚未出現外來人的腳印前，是一處人各取所需，自給自足的人間樂園，外來人陸續登上蘭嶼島之後，好像惡魔不斷剝蝕原來的蘭嶼。

日軍戰敗降下象徵正午紅太陽旗子後，蘭嶼島又被插上另一面旗子，一樣是太陽，卻像是處於惡劣天氣而失去光輝，白日頭長了十二粒像有稜角的菜花。帶旗子上岸的是一群比日軍更蠻橫的軍人，同時國民政府派遣大部分被放逐的頑劣公務員，他們帶另一套法令來統治管理蘭嶼島。

但樂天知命的達悟人承襲祖先生存技藝，專注與大自然搏鬥，忽略了外來人佔有蘭嶼的野心，首先國家以行政院退輔會的名義搶奪達悟人的土地，開闢蘭嶼農場，將台灣偏激份子和部隊壞人丟來集中管訓，墾田耕種，牧草養牛，開始破壞蘭嶼原有生態環境；不設高牆鐵網監禁頂級罪犯，方便他們污染安寧又純樸的蘭嶼社會。國家爲了開發利用蘭嶼資源，於是善用管訓隊員開闢環島公路，從此蘭嶼各部落的門戶大開了。

台灣經濟起飛的六〇年代，政府撤銷蘭嶼管制，全面對外開放，大量人潮及經濟勢力湧入，破壞蘭嶼的安寧與穩定。當達悟人窮於應付突來的貨幣經濟風暴，政府應用對付善良人民的技倆，大大方方地建造魚罐頭工廠矇騙達悟人，後來改口成爲堆放核廢料的貯存場。

這幾年來政府爲打亮國際形象，有意將蘭嶼島規劃成國家公園。然而政府看待少數民族的態度不因解嚴而收斂，依舊我行我素忽略蘭嶼人民的感覺，自始至今頻頻傷害乾淨島嶼，使得蘭嶼島民不信任台灣政府，甚至產生反感，因此很直接地厭惡台灣來的公務人員。終於有些淡薄了解之後，我發覺公務人員來蘭嶼工作，可能需具備更多的耐心與智慧了。

赤腳醫生

今天遇上令我心驚膽跳的事件，事情是這樣的：

星期四安排婦幼門診，來產前檢查的孕婦在候診室親密的交談。我在產檢室內偶爾聽見她們猶豫不決的腳步聲，有人大聲地說醫生太年輕了，不好意思讓醫生檢查，她們已經很習慣地讓助產士檢查，經護士解說之後，才勉強躺上檢查台。

幾位準媽媽檢查結束，我低著頭走回門診，搖搖頭取笑自己是「赤腳醫生」。

重重地往座椅坐下來，吸氣不到十次，有位老婦人抱著小孩衝進來，臉皮縮得極端難看，嘴巴不間斷地講達悟話。

我趕緊請達悟同事充當臨時翻譯員，幫忙解說病情。

臨時翻譯員把病情及我的建議告訴她，小病人感冒發燒了，我提醒她小孩發燒四十度，必須留下住院觀察，避免小孩的病情在家惡化下去。

臨時翻譯員的話尚未說完，老婦人突然大聲嚷叫起來，眼睛掉出幾滴淚水，緊緊抱住小孩，小孩被她的失魂樣嚇哭。

老婦人的哭聲激動多愁善感的我，鼻翼微微顫動，心裡讚嘆「達悟老人真疼愛他們的小孩啊！」

門口突然出現三位老人，兩個穿丁字褲的男子，一位嘴巴仍嚼檳榔的婦人。他們交談幾句達悟話就哭成一團。

我兩眼盯住兩位男人胸前的短刀，刀柄雕刻精美，刀鋒黑得發亮，看得我兩腳發軟。

他們跑來跑去，右手抽出短刀，口中發出聲音往前比劃著。

「哇！我完了！」我緊張地自言自語。

我站立不敢移動，心臟縮緊，腦子出現問號，刀尖會不會指向我？會不會怪罪我讓小孩躺在檢查台上？

我急想知道他們討論些什麼，或許我可以幫忙解答，但是又害怕他們手上的刀子。護士小姐察覺我驚惶失色的表情，走來安慰我，他們要求陪伴小孩住院，我看著短刀立刻答應他們。

「這是我們達悟的風俗信仰，一切病都是阿尼肚（惡靈）捉弄人的把戲，短刀可以驅邪。」達悟同事解說著。

「他們知道醫師是幫小孩治病，不會傷害你。」護士小姐柔和地安慰我。

不久我慢慢放鬆自己的心情，但仍然和城市人看到刀子一般，心懷恐懼感。這件事件深深銘刻在我心，從此不能再以台灣的眼光看蘭嶼。

我在蘭嶼的第一個冬天

清晨，媽媽撥電話來蘭嶼，故鄉最高的山頭開始變白了，好像寒氣沿著電話線傳到蘭嶼來了。早上天空的顏色就變得很混濁，一整天，陰時多雨偶放晴，斷斷續續飄下無精打采的細雨，使我全身皮膚感覺黏黏的，影響我大腦的思路，繁雜不順暢，平時激發活力的海風也不見了，使得沾染雨林寒氣的山風毫無阻力地滲透下來，讓我厚實的胸肌無法擴展，壓得心臟很鬱悶，從早到晚腦海不斷浮現令人傷感懊惱的一堆事。

我到蘭嶼工作整整半年了，整天如守衛兵地在蘭嶼島等候病患上門，有時候主動出診，或強拉患者就醫。封閉的小島上有兩千九百九十七個寶貴生命，衛生所是唯一以維護他們生命健康為口號的單位，我們卻無法完全掌握他們的健康狀況。衛生所除了編置主任及醫師之外，另有公衛護士及保健員共十幾人，已不算是小單位；主任及醫師負責門診與巡迴門診，公衛護士負責部落的基層保健。然而她們被上級交辦的繁雜無意義工作搞瞎了眼，部落裡有人已病重了，她們還不知道；醫師開死亡診斷書給家屬時，她們才恍然大悟。雖然我不斷承受由衛生所內部產生的反制壓力，而且對管理衛生的國家機器感到灰心，然而總是在我執著追尋理想的信念之下被合理化了，反倒是每當我寫下老邁、心臟衰竭等模糊的死亡診斷書時，心理受到一陣陣挫辱感。如果病人拒絕我的關愛時，內心會覺得十分羞愧。然而島上人民知道自己遭病魔纏身時，爲何不利用衛生所提供的醫療服務呢？明知自己的親人已無法吸氣了，爲何不伸手向正待命出擊的衛生所招手呢？半年來的努力思索，我始終無法理解。

晚上，提早上床睡覺，閉上眼就把鬱悶的今天結束。

他的感覺已在新船身上

倒回六個月圓以前，病患的兒子因爲很孝順，不忍心看見父親被不知名的病魔糾纏。於是東貸西借湊了一筆錢，又爲了減輕家人在金錢上的心理負擔，選擇搭蘭嶼輪船遠赴台灣就醫。住院期間，醫師細心地反覆全身檢查之後，最終確定診斷爲胃癌。至於進一步的處治方法，他們沒心情也沒能力再聽下去了，病患似乎也曉得是無以抵抗的病魔，他堅持返回美麗的蘭嶼島；他發願在斷氣之前，將製造蘭嶼木船的特殊技藝傳遞給他兒子。

兩個月前的某一天，病患因肚子劇烈疼痛而他兒子跑來衛生所，要求醫師出診，從此我才知道我們照顧的兩千九百多蘭嶼人中，他已靜靜地承受好幾個月癌細胞侵擾。有時不必等到病患家屬的叫喚，好像我搶了公衛護士的工作，我經常主動去訪視，每次看著他沒病似地專心以斧頭削齊每塊木板，很細心地安裝船板。他擔心木板間縫滲水，因而危害他兒子生命，他總是按步就班地完成每個步驟，戰戰兢兢唯恐有絲毫疏漏。每次去探訪時，我可以感受他如礁岩般堅硬的決心。我曾努力建議他暫時停擺費力的造船工作，試著接受現時治癌的新方法，但他堅決不離開造舟工作，讓我懷疑蘭嶼船的新生命比人命更珍貴嗎？！

自從他被確定胃癌診斷之後，我本以爲他的命運如教科書上寫的一樣，以爲除了麻醉管制藥劑才止得住他的痛。每次我去訪視，當他正專注在造船工作上，他的靈魂好像已在新船上，腦細胞喪失了患癌症恐懼的知覺。他唱即興式達悟詩歌時，我幾乎忘了癌細胞正啃嗜他的肉體，難怪他不奢望去台灣治療，寧願待在新船工作房等候我給的止痛安慰劑，堅持在家接受體液補充治療。

近一、兩週以來，他的臉面如枯木般失去血色。也許他知道身靈將一個個捨棄他已枯瘦淡白的軀體，爲要親眼看小船下水，親臨人生最後一次的下水儀式，接受當人一生中至高榮耀；他已沒有工夫把達悟特有意義的美麗圖案雕刻在船身上，他決定儘可能拖延生命，只用顏料彩繪蘭嶼船的紋飾，新船下水已是唯一的期待。

今天下午騎機車去訪視他，走到院子前，清楚聽見悅耳的達悟詩頌，飄自他家客廳窗門。雖然我儘量不聲不響地進屋子裡，但還是打斷了他們的歌聲，他兒子面有責難的顏色，但仍以興奮的口氣小聲地告訴我，蘭嶼船的創造工程終於完成了，他們現在正練習吟唱達悟詩頌。

我轉頭注視患者，除了嚼檳榔的牙齒依舊紅，顏面的紅棕色消失了，眼鞏膜已像夕陽天邊一般黃，我判斷癌細胞早已轉移肝臟了，於是很嚴肅地再提議轉診台灣。他搖搖頭好像醫藥已不具任何意義，他兒子也不表示意見，他們只要妥善預備設宴慶祝新船下水儀式。

他們繼續吟唱詩歌，好像已不知道我已悄悄地離開了。

畸形兒的陰影

八月二十日，確定是上班日，我穿藍短褲及露肩紅背心，關上房門後，踏出悠閒的腳步，走向衛生所。早上的海風不知吹向何處？走到衛生所大門前，腋下就有黏黏的感覺，正抬起上臂以口吹腋窩時，有人在候診室看著我，我迅速放下手臂，感覺頭皮發熱，兩眼看著他們並點點頭。

一位達悟男人扶著婦人坐在候診椅，臉上顯露焦灼的表情，婦人雙手捧著大肚子，兩腳不能安定，衡量她痛的程度，我預測今天她肚子裡的嬰兒可以呼吸蘭嶼清香的空氣。

有位提早上班的護士聽見講話聲而走過來，正好協助檢查產婦，發現子宮規則收縮，間隔十分鐘，子宮頸開了兩指寬，不到上產台生產時間，我請他們就在衛生所附近輕輕地走動。

走出產房，牆上的時針已壓在八字上，候診室尚無待診病患，我走上二樓辦公室休息，屁股尚未坐熱，樓下出現一陣騷動，護士小姐跑上來叫我，又有一位產婦即將臨盆，我心臟又開始加速跳動，讓頭腦保持清醒，以應付生產中不可預知的緊急狀況，我邊走邊祈禱著，兩位產婦千萬不能同時生產。

走進產房，護士小姐已熟練地安撫焦慮不安的產婦，讓她平躺在產台上。然而產婦似乎無法忍受強又持續的子宮收縮，我看著她被產痛扭曲的臉孔，直覺得她就要生了。好在前一位產婦進行檢查時準備好了整套無菌產包，我從容不迫地刷手準備上產台，並請同時到達的護士立刻刷手上台一起接生。

剛好站定位置，胎兒頭髮露出來了，我趕緊抓住胎頭，不費一束肌肉力氣，胎兒被產婦子宮收縮力推出產道，我兩手正接著約二千一百多公克的嬰兒。可愛的小男嬰吸一口氣之後大力哭叫，哭聲趕走了前一刻緊張氣氛，大家露出滿意笑容。我剪好嬰兒臍帶後，兩手抬起嬰兒準備放在產婦的肚皮上時，兩眼正視他的手腳，快速心算一遍，我嚇得差點鬆手把嬰兒丟下來，讓嬰兒躺在產婦肚子上，我講不出話來，急忙請護士接手將嬰兒抱上嬰兒床。

產婦處理完後，我走到嬰兒台前，仔細端詳嬰兒紅潤的臉孔，大又深的眼眶，哭叫聲宏亮且健康，中等頭殼，頸子、胸部、腹部、性別器官一切正常，拿起聽筒，心臟沒有異狀，除了他長出十二隻手指及十二隻腳趾頭。

我注視著多長出來的指頭，剛剛興奮的情感瞬間轉變，我努力回想教科書裡的印象，尋找合理的解說，嬰孩的父親突然敲門走進來，我請他就近嬰兒床，他非常高興終於有兒子，但我請他看嬰兒手腳時，他臉色突然變得很難看，開口問我是否馬上截斷恐怖的小指頭？然後站著不再說話。

我注意他們的臉孔表情，畸形怪異的嬰孩帶給他們恐慌不安，他們已生下兩位活潑美麗的女孩，好不容易生得男嬰，卻讓他說不出是什麼原因造成他們的不幸。他們央求我不能將小嬰孩移出產房，也不能傳出去，我了解他們的困擾，因而建議他們把嬰孩迅速帶到台灣島，找大醫院爲嬰孩診療，治療後再回蘭嶼島。

每次完成接生工作時，產房總是出現升調的歡笑聲，畸形兒被確定後，產房呈現低靡氣氛，然而另一位產婦即將臨盆生產，我建議將嬰兒移出觀察病房，他們夫婦兩人同聲反對，寧願移到狹窄的儲藏室內。

我脫下手術衣回門診看病，儲藏室的門馬上深鎖著，不久，嬰兒父親低著頭走進門診室來，再次確認可否立即斷肢手術，看我搖搖頭，他趕緊跑回部落籌錢，準備把畸形兒送台灣診療。

平日嬰孩的父親在核廢廠打零工，似乎賺不到幾個錢，直到我看完今早的門診病人，他還沒有回來。

近中午時分，嬰兒父親的父親由部落趕到，直接進儲藏室探視兒子的兒子，我正好拿葡萄糖水進去讓嬰兒享用出生第一餐，我解釋嬰兒情況給他聽，似乎他已被通知，他面無表情地斜視猛呑葡萄糖水的嬰兒，喝下約二十毫升後，嬰兒很滿足地舞動四肢，但他祖父依然臉色發青在旁不知想什麼？我親自餵完後，上樓翻書尋找畸形兒的文獻資料。

翻閱多趾畸形與外界因素的相關文章，正尋找是否與核廢料有直接影響時，嬰兒父親的父親不慌不忙地上樓告訴我，嬰兒的嘴唇爲何發黑了？

一聽到黑嘴唇，我嚇得丟掉書本，一面呼叫護士準備急救，一面跑下樓，跑來嬰兒床前，發現畸形兒正用力吸一口氣就斷氣了。護士小姐雖趕來幫忙急救，畸形兒的心臟不再跳動了。

他們看到急救動作一停止，不待我解釋死因就要抱走離開衛生所，我迅速攔截他們，建議送去台灣請專家鑑定，找出畸胎的致病原因，避免再發生，然而他們無法接受肢體解剖研究的事實，即使知道了確實原因，對他們而言已不具任何意義了。

下午我不回宿舍休息，準備好好爲另一產婦接生，把早上接畸形兒死亡的陰影換掉，然而坐等了一個下午，有人說消息早就如空氣般走漏出去，嚇得先前一位產婦不再進產房待產，他們已搭飛機到台灣生產，有人說他們寧可在家生產，不要讓摸過畸胎的醫師接生。

畸形兒短暫出現蘭嶼，我無法確知導致畸胎的可能原因，心裡感到憂悶，畸形兒的陰影會不會飄到蘭嶼島上另一人家？

憂愁的老婦人

太陽悄悄地由大塊雲朵後方冒出來，釋放微溫光線，好像歡迎我又回到蘭嶼。三個月以前，我為了加強自己的婦產科知識與能力，前往台北馬偕醫院受短期訓練。今天的感覺就如來蘭嶼的第一天，新鮮又興奮，我不費太多體力就跳上巡迴醫療車。

司機先生邊轉駕駛盤邊告訴我，一月蘭嶼的天候極不穩定，忽晴忽陰偶陣雨。話說一半，巡迴醫療車頂突然叮咚叮咚響，大如一顆蘭嶼土龍眼的雨滴，零零散散地落下來，我擔心風雨逐漸增強，阻礙部落居民來巡迴站看病取藥。

巡迴車穿越輔導會佔有但廢置的農場，開到蘭嶼最直的一段公路，司機想開大油門加速前進，上天突然灑下更多雨水，使巡迴車緩慢行進。當我們來到雨晴明顯的分界線上，司機先生頑皮地緊急煞車，讓車後半節遭雨滴撞打，車前半節受太陽照射，很奇特的大自然現象，讓我們感到非常興奮，但我心中盼禱部落是晴天。

到達部落之後，我將台灣朋友送的兩大箱衣服搬下車，一家一家分給需要的村民，他們很驚訝地看到我又回蘭嶼。巡迴車上看診時，病人們很高興，知道我不是輪流幾個月的支援醫師，當他們說已等我許久時，我忘掉了離開台灣的鄉思；我心裡暗暗計劃著，或許這麼需要我的好地方可待十年以上。

心臟正處於自我滿足的興奮狀態，眼前出現一位老婦人左手持木拐杖，滿臉憂愁地走來，直接走到巡迴車門旁，喘氣並額頭貼靠車門，兩腳無力站穩，一面講訴病情，一面無奈地啜泣著。就如許多達悟老人一樣的遭遇，她的子女爲了討更好的生活離開蘭嶼到台灣工作，留下她一人。

回蘭嶼的第一天看診，又面對病重卻不願去衛生所治療的病人，即時地承諾予以免費治療，她不好意思白白接受，反而傷我腦筋，不知如何協助她。

給了加重劑量的處方後，原本自我滿足於被需要的快感，忽然被病人嘆息聲喚醒，我又要繼續面對一個接一個無奈的病患。

逃離現場

巡迴醫療車開到椰油部落，我們好像賣菜車立刻以擴音器宣傳，招呼需要醫療服務的村民。平時比我們先到巡迴醫療站的老病號都不見了，今天似乎有些反常。等了一會兒，村民好像忘了巡迴醫療的日子，或是還有比肉體病痛更重要的事情發生，發現村民們三五成群地走向蘭嶼國中大禮堂，我和司機大哥及護士們好奇地跟著村民進入會場。

又是一場核廢場敦親睦鄰座談會，我們不聲不響地坐在最後一排，看到台上坐了一排大頭大臉的台灣客人，他們好像不習慣沒有空調的會場，有的猛擦汗，有人乾脆脫掉昂貴的西裝。然後互相介紹自己是專家、博士、議員代表，他們好像要頒布重要法令似地，每張臉顯得呆笨的樣子。

台上的客人一一站起來解說政府的德政、核能的安全性、開發建設蘭嶼等等承諾，達悟人似乎不聽國語，翻譯成達悟語或許不生動，大家只關注手上的飲料糖果。

專家學者及議員代表們很鄭重地發言後，空出一些時間由台下的村民自由發言。

達悟人是尊老敬賢的民族，由一位村中老者首先發言，再由年輕的達悟知識份子翻譯，講給不聽達悟語的台灣客人，然後接著一個個站起來發言，盡是控訴政府騙人民的議論。

坐我右旁的一位年輕人或許已自認無發言機會，然而悶在胸口難受，於是轉頭對我說道：

「從第一個人說到最後一位，都說核廢料很安全，安全說多了我們反而更害怕。如果眞的很安全，不必勞駕大官大爺來說明安全，也不必老遠送來我們蘭嶼；就是不安全，才要發錢敦親睦鄰，台灣人以爲我們是笨蛋。」

聽他激動地提及台灣來的人，我心虛膽怯地點點頭，然後引頸注意台上專家們回應民眾的問題，故意迴避憤怒的年輕人。

台上專家們好像播放轉不停的錄音帶，不斷重述國家的立場，政府的審愼考量，蘭嶼龍門小小地域是唯一適合掩埋地，然後一直懇求鄉民接受事實。

台上學者尚未閉嘴，一位年輕人逮到機會似迅速說道：「自從認識中華民國，我們知道的是把台灣的垃圾丟來蘭嶼，流氓、軍人、大壞蛋、公務員的垃圾統統丟棄蘭嶼，我們受夠了，現在又是可怕的核廢料，誰要相信敦親睦鄰是善意的。」

接著又是一個個起來控訴不仁不義的台灣政府，大罵島上官派公務員與政府狼狽為奸欺壓善良的達悟人。

我們越聽越坐不住，突然不敢正視達悟人的眼睛。我們小聲地討論，他們會不會把我們視為被丟棄的公務垃圾，最後我們決定了，不聲不響地逃離會場。

帶刀赴宴的男人

蘭嶼的黃昏正好發生在衛生所前的海平面上，走出戶外觀賞夕陽已變成慣例。今天的天空特別乾淨，我坐在沙灘上欣賞單調但明亮的落日，發現弧形海平線好像會被太陽拉走似，看完太陽沉入海角的最後一個影子，海平面又冉冉上升，我站起來遙望海角，太陽眞的不見了。拍掉黏在褲子的小石子，然後沿著海岸又跑又跳，順便讓躲進衣縫裡的海沙掉出來。

跑來環島公路上，落日的餘光好像停留在無障礙的天空，我清楚看到一身達悟傳統盔甲的男子，急急忙忙地走向紅頭部落來，他頭戴藤帽，胸前斜掛一支短刀，我猜想他可能有不祥的事情。

我停住腳步，故意停下來等他，發現藤甲衣內是白襯衫，脖子綁著花色領帶，穿著深色西裝褲，他的皮鞋底好像釘上鐵片，隨著移近的腳步，越清楚聽見清脆的鐵打地聲，我可以確認了，他正是昨日剛送走他父親的中年男子。

我走向前跟他打招呼，好像我的疑心容易被人發現，他直接地告訴我，他正趕去參加核廢場辦的晚宴。因爲他父親昨天剛去世，如果被發現他快樂地去享受，惡靈一定很生氣，所以一身避邪的勇士裝扮。

他的話一講完，舉起右手看手錶，然後移動上身，匆匆地點點頭，加速跑向海產店。

我站在原地看著他奇特的晚禮服，腦裡猜想著，扮勇士赴晚宴是否另有他意，避邪短刀是不是防備貯存場官員的甜言蜜語？勇士服是否有能力驅逐陷害蘭嶼人處於核污染的惡靈？見到他進入海產店之後，臆測變得無意義了，趁黑夜尚未降臨部落前，我趕緊跑回衛生所。

不像醫師的醫師

「田醫師，有急診，快上岸來！」衛生所司機同事站在堤防上大聲叫喊。

我換上藍色泳褲，正彎腰活動脊椎關節，焦急的叫聲瞬息間凍僵我的肌肉，用力嘆氣後，我轉身跑向衛生所。

跑到衛生所前大馬路，我調整速度，變成走路的步伐，眼前不見焦急求診的患者，也不見護士小姐的影子。我腦裡立刻出現傷患躺在手術台痛苦呻吟的影像，再換成跑百米賽的腳步，跑向外科手術室。

向左轉進大門時，差點撞倒一位戴大黑框眼鏡的男士，我彎下腰撿起掉落地上的白色鴨舌帽，幫他蓋住禿得發亮的大頭。

「請問，蘭嶼的醫師在嗎？」他眼盯我胸膛很不自然地問我，或許他不習慣男人幫他戴帽子。

頓時我不知怎麼回話，他要找我看病，卻問我醫生是誰？我感到尷尬地低頭，兩眼正視自己兩粒發紫的乳頭，我的臉頰瞬間變得又熱又重，停頓一會兒，緩緩抬起頭，輕聲告訴他，我正是蘭嶼衛生所的醫師，請他一起進診療室，然後迅速轉身避開他也許會失態的眼神。

直直地坐上診療椅，我看見新病歷已填妥病人的基本資料，我抬起頭調整兩眼焦距，正視牆壁上鏡中表情，面帶笑容看來文質彬彬，然後轉頭一看，他們佔住門口通道，或許他們剛下飛機而產生方向感障礙，雙腳無能協調，踟躇著不進來。

我大聲請他們進來之後，他們才開始移動雙腳，好像嗓門大且口吻堅硬才是醫師。我仔細觀察他們懷疑但期待的臉孔，顯現一副怪異表情，我差點失禮地笑出聲來。

中年男子手推小孩坐上椅子後，立刻陳述小孩的病症，看來因生病呈現痛苦樣的小病人很自信地自述症狀，讓我更清楚小病人的病根，我拿起溫度計插入他的左腋窩，小病人因怕癢而受到驚動地叫兩聲，正巧衛生所方藥師走過診察室而探頭進來，看似小病人的母親同時後退幾步，偏頭面向方藥師，小聲說話。

我的注意力再回到病人身上，又一次確定診斷並開立處方。分析並說明疾病診斷與處治之後，處方箋遞給小病人。我舉起右手臂，指向藥房的方位，同時小病人的父親伸左手拿走處方箋，右手撥動眼鏡，低頭看處方箋後搖搖頭，好像看不懂我特異的英文字體。

「請問大夫，你有開抗生素消炎藥嗎？」病人父親以捲舌音的漢語問我，擔心我聽不清楚似地。

「我已清楚解釋小孩患得輕微的上呼吸道感染，目前不需服用抗生素。」我提升嗓門回答他，或許因爲我的處方受到質疑。

他很放心似迅速轉頭離開，正要轉身時，他又轉回頭小聲地問：「要不要打針？」

「吃藥就可以，蘭嶼氣候濕熱，多喝水，多休息，小心觀察幾天，應該沒什麼問題。」

他們點點頭走向藥房，好像覺得很滿意，他們的步伐變得比較乾脆了。看著他們離開診療室，我自己將桌上病歷整裡完之後，腦裡又出現奇妙海底世界的影像。走出診療室，我正起步跑離衛生所，小病人的父親走到大門口，擋住我的路線。他由上衣口袋取得一張名片，低著頭將奇特的名片遞給我，然後點頭兩次，且口氣溫柔地說道：「對不起，剛剛冒犯了大夫，眞是失禮。抱歉！」停頓一會兒，發現我不答話，他繼續說：「我還以爲你是來蘭嶼尋找靈感的畫家、大作家。」

我一面聽他自我介紹，一面看他奇特的名片，他是大學的美術教授，曾留美教十多年的美術課，前一年才回台灣教自己的同胞。我再多看他幾眼，嘴巴周圍蓄留一叢白鬍鬚，頗具藝術大師的氣質，他的牙齒已和臉頰一般黃，他可能是抽煙斗的資深畫家。

「我相信你，你是眞正的大夫。」他又不斷點頭感激地說著。

突然我不知如何回應他的讚美，點頭稱謝呢？或謙虛地搖頭？我變得像口吃一樣，聲音無法順利出口。或許因爲我就是醫師，也從未懷疑自己是否眞的是醫師，他的稱讚眞亂了我的思路。

小病人的母親也走過來，紅著臉對我微笑且說道：「對啦，大夫，可能是你那像畫家的性格黑鬍子，一眼看起來不太像大夫。」

她即時來插話，讓我有片刻時間調整心思。轉瞬間我很鎭定地回答他們：「我非常感動，謝謝你們加給我藝術家的頭銜，也許因爲我是醫師，所以不需要看起來像醫師。」

小病人的父親突然大笑且說道：「的確是，大夫說得很正確，像醫師不一定眞的是醫師。」

我趕緊點頭感謝他們的誇獎，打斷接下來已變成多餘的抱歉話題。轉身跑回衛生所前的黃金色沙岸，沉浸大海，繼續欣賞大海的美麗世界。

重現惡魔

吹西南暖風的下午，我全身懶洋洋，好像在海水裡走路，很辛苦地走到隔壁家涼屋借躺一會兒。然而海水面彈射刺眼陽光到涼屋鐵皮，再折射熱熱的光線到我雙眼，干擾我無法熟睡，不久，一群群上山工作的婦女快步走過涼屋前公共走道，也聽到大人趕小孩回家的聲音，我坐起來觀察發生了什麼事，看到他們都有一張同樣的臉，好像看到了魔鬼而臉皮繃緊，一個個跑進部落來。

部落突然出現怪異現象，我感到坐立不安，就要起身離開時，看見涼屋女主人慌慌張張地跑回來，放下挖芋頭的鐵棍，在水龍頭下沖洗腳上的泥土後，手提一袋芋頭走來涼台，嘴唇分開有話想告訴我。

我搶先問她為何大家的腳步比平時更快？她喘一口氣後，開始詳細地告訴我。

中午，她在山上吃地瓜時，路人告訴她，有位管訓中的軍犯隊員逃脫出來了，她隨即收拾東西跑回來。說到台灣送來管訓的隊員時，語氣突然升高，從以前就有一種人不定期被送來蘭嶼，那些人身上刻上許多漂亮花紋。原先以爲他們是台灣最尊貴的人，就如蘭嶼木船才刻上傳統紋飾，以後才曉得那些是台灣不要的人，相貌和舉動與管理員一模一樣，都喜歡捉弄調戲婦女；利用煙酒與達悟人交朋友，那些隊員幹了不少歹事，她記取最深刻的一天，又有一位隊員突然失蹤，全島搜查之後，卻發現一具女屍漂浮海中；大家都明白，又是隊員幹的壞事。

聽完一段蘭嶼文獻上查不到的故事後，太陽不聲不響地鑽進厚雲裡，天色忽暗起來。她形容的台灣惡魔好像隨時隨地出現，我也吸到了恐怖的空氣，身體不自主地想找可躲避的場所。

晚上提早鎖上門，睡前再推一張書桌頂住大門，閉合雙眼時，口裡祈禱，不要讓耳中的故事重演。

氣象報告

來到蘭嶼島之後，兩眼凝視窗戶是每天早晨的第一個動作。當腦神經逐漸清醒，增強眼力看穿透明玻璃，判斷窗外的天候，然後起床準備迎接每一天不一樣的日子。

今早傳入耳膜的音波與皮膚接收的感覺不相配，雖然前後兩扇大門全開著，屋內空氣很悶熱，窗外天候很像紅頭部落的冬天，強勁東北季風攀越紅頭山吹走海浪拍擊海岸的聲音，好像大海死了般地異常寧靜。我趕緊翻身下床，走出門外，探索奇妙早晨的原因。

爬上狹窄的防波堤，偶而頑皮地又跑又跳，放慢腳步後，抬頭望寬闊的天空，黑夜消失不見了，不留一絲痕跡。然而天空好像遺落了夏天早晨的明亮，讓我的感覺好像在台北。走近沙灘上，不見平日停泊沙岸上的達悟木船，我懷疑這樣的天空適合出航打魚嗎？向前眺望，沒有任何像船的黑影子，只看到幾塊與蘭嶼島同樣具有達悟名稱的大石塊。海面平滑光亮，幾乎沒有一點皺紋，好像大海已被管理大自然的巫師變得像一面鏡子。面臨眼前奇景，我腦海裡產生眾多疑問，此刻非常期望遇上達悟人，幫忙解說奇妙的景像。

身後突然出現一位年長的男人，他走向沙灘來，距離我約十根一人船上用的船槳，他彎腰拾起沙地上我看不清的深色小東西，看他正要轉身起步離開，我儘速跑到他面前，運用達悟、日本、閩南、漢人的混合式語言，請教他有關於奇怪的早晨。

他看著大海，語氣比氣象預報員更堅定的告訴我，明天下午颱風就登陸蘭嶼，而且還要挾帶大雨大浪。他回過頭來，右手指向紅頭部落，輕聲告訴我，達悟木船皆躲進他們自己的船屋了。

聽完他的颱風特報之後，我可以感覺雙腿輕微抖動著，因爲我相信他，就如我從不懷疑布農祖先森林的智慧；當他們很自然地生存於森林中，就成爲森林裡的動物之一了。我深信他的海洋氣象報告，我趕緊拔腿遠離大浪留下痕跡的沙地。

走回防波堤上，完全沒風浪的空氣影響了我走路情緒，想到後天回台灣休假的計畫，因達悟老人堅定的氣象報告而被迫取消，心裡很難過。此時突然覺得電視新聞的氣象預報反而比較溫馨，至少在不確定的氣象報導裡，還有期待可能的希望。

誤食惡靈的婦人

開完巡迴醫療站最後一位病患的處方，我漫步走進朗島傳統部落，訪視一位老病號。走到主屋前停頓一下，我感覺屋裡似乎沒人，但仍不死心地走下石梯，當我的眼睛與地面平齊，一位年輕人慌慌張張地站在我頭前上方，請我去幫一位老婦人看診，我趕緊縮回右腳，轉身走上地面，快步跟上年輕人健壯的腳。

走到一間由六根木柱撐著的涼屋前，看到一位婦人彎著右胳膊當枕頭，全身屈曲斜躺在新茅草蓋的涼屋，不知是否因病不適？還是睡得很舒服？年輕人喊三聲後，婦人很不情願地張開兩眼瞼，雙眼無神地瞪我。

我趕緊以達悟語問安並自我介紹，然後直接問診，並請年輕人留下幫忙翻譯。

婦人對著我說了一堆話，我聽得懂幾句，但爲了取得精確病情資料，我請年輕人翻譯成國語再說一遍。

昨天傍晚，她煮好地瓜後，很習慣地洗淨雙手，一人用兩手獨自享用晚餐。吃飽後收拾餐具時，她聽到肚子發出怪音，爾後腸子斷斷續續且逐漸增強地翻滾；正當月亮開始往下滑時，她不停地起床，跑離主屋去上吐下瀉，直到清晨的最後一次，她排完腸子裡的東西，然後踏著蘆葦花般輕的腳步，喘著氣爬上涼屋休息。她已知道是誤食一位不乾淨的惡靈，所以就不再吃任何東西，就是要讓惡靈沒得吃喝而停止作怪。

聽完她被惡靈陷害的過程後，我仔細觀察她的身體，發現兩眼深陷眼框底部，嘴唇乾皺，好像受驚嚇了；呼吸的動作淺又快速，拉起她乾淨的右手腕，輕觸尺動脈，默算快拍的脈博，直覺得她需要補充水分與電解質，於是請她一起回衛生所接受治療。

婦人好像不知道衛生所可以治癒她的病痛。她繼續講一個解決惡靈的實例：曾有一位親戚被祖先的惡靈吸走不少的血，日漸消瘦。有一天，她喝了維士比加米酒，惡靈就跑掉，於是又恢復原來的重量。她堅信她肚子裡的惡靈就要受不了，只要耐心地等待。

我懷疑又是金錢影響她就醫的意願，如同島上許多不願就醫的病患一樣；於是慷慨地保證提供免費治療，然而她臉上不見絲毫興奮，她好像還有許多困難。

說乾了嘴我仍無法說服她，爲了實現已開出的承諾，我跑回醫療站取藥。

再折回來送藥給婦人時，我一再叮嚀，服用藥必須喝大量的開水，或許就像維士比加米酒。

她聽到我非常認同她說的例子，就很放心地接受我給的藥。

蘭嶼島首宗竊盜案

「昨晚，農會的保險箱被壞人撬開，偷走了所有的錢。聰明的小偷不留絲毫影子，蘭嶼人相信小偷絕不會是穿丁字褲的人。」右腳剛踏進衛生所大門，就聽見一位中年男子肯定地說著。

一傳十，十傳百，診療室外候診病人只有壞人偷錢的話題，嘈雜又激動的討論聲中，人人畏懼遇到惡靈般惡毒的人，聽來全島已進入戒備狀態。

上午十時，兩位護士和我乘巡迴醫療車，前往蘭嶼島東北方位的朗島部落。一路上不見人影，我叮嚀司機千萬不可熄火停車，最好一路直達朗島部落，避免遇上竊賊。

小偷的新聞似乎傳來朗島部落，待診的大人緊盯住自己的小孩，雖然進出每個部落前後兩側有一個班的軍人崗哨，以及一間駐在部落的派出所，大家依然擔心遇上失去人性的強盜。他們進診療室時，異口同聲地告訴我，聰明的警察一定捉得到小偷，只要查問住在島上的台灣人，小偷就馬上現身。

巡迴醫療結束回衛生所途中，我們互相討論昨晚的行蹤，宛如互相提出不在場證明。想到來自台灣的人嫌疑最大，我們再次感受被視爲台灣人的尷尬。我伸出紅得發亮的胳臂，自我安慰地自圓其說，或許我們不被歸類爲有嫌疑的台灣人。

下午，人們的臉上回復原有的表情，好消息已迅速傳遍全島，警察已逮捕正要逃離蘭嶼的小偷。雖然狡猾的小偷已把贓款藏起來，警察因爲相信盜賊不是達悟人，他們非常肯定的口氣，逼得小偷不得不承認犯案。

好消息傳進衛生所，同事們鬆了一口氣，終於可以甩掉嫌疑犯的帽子，大家伸出大拇指，稱讚不笨的警察，就因爲他們相信小偷絕對不是達悟人，所以可以立刻破案。

卷二

藍色大冰箱

週年記

芋頭田裡青蛙不叫了，屋外還是聽不見海風吹，屋內熱氣因而無法滲透出去，使我身體的每個細胞無法休眠。今夜過了之後，蘭嶼行醫正好一週年。我坐在含強力膠味的塑膠地板，背靠油漆成粉紅色的牆壁；拼湊式木桌上泡了一壺茶，我右手執筆，大腦努力回憶一年當中行醫心得，一一書寫記下來，可以讓我天天惦記著，成爲日後行醫的借鏡。

一、必須與蘭嶼島人人建立互相信賴的關係，儘量聆聽病人陳述病情，避免責難病患對疾病的不理解，以減少病人與醫師的衝突。確定診斷後，好好解釋疾病發生原因，進行過程與癒後情況，消滅未知帶給患者的不安。

二、嚴格要求自己正確用藥，儘可能早些紓解患者病痛，讓患者強烈感受藥物作用的功效，或許就從此信賴西方現代醫療。

三、經濟和疾病一樣是病患的重大負擔，全民健保未實施之前，特別注意患者是否有繳費的困難，即使用義診名義也在所不惜。爲了讓病人眞正接觸現代醫療，進而認識醫療衛生，勝過於再多的衛教工作。

四、達悟人有自己堅固的傳統信仰，就如惡靈的自然觀念，已深深影響他們的就醫行爲和疾病態度，直接影響我大力推銷現代醫療。一年以來，發現我們經常不自覺地以霸道手段去宣導異於達悟文明的西方醫療，有意破壞他們原有的疾病觀念，或許我們需要不一樣的衛教方式。

五、衛生所的醫療設施無法應付求診病人、醫護同仁不能同心、自己經驗能力不足，都會造成恐慌的壓力，然而處於惡劣醫療環境下服務人民，內心意外地獲得成就感。

一整年工作下來，時而成就感，時而重挫感，天天發生不一樣的挑戰，這可能是我兩腳離不開蘭嶼的誘因吧！

藍色大冰箱

一條五個男人臀部寬的水泥路貫穿部落，形成一條鮮明分界線，我走到水泥路上，雙眼隨著兩腳左右張望，右側是一排排國民住宅，國宅建築師的大腦好像沒有美麗腦迴條紋，建造單調無味的作品；轉半個頭往左看，達悟主屋、工作房、涼屋依地形而建，房舍的線條好似與海浪起伏共舞。每次停下來觀賞達悟眞正的房屋，口裡總是驚讚達悟人創造美的智慧。於是就近欣賞並體驗傳統達悟生活，變成屢次造訪野銀部落的驅動力了。

探視三位在家休養的病人後，兩手提著無法拒絕的飛魚乾及紫皮地瓜，路過家家戶戶各有特色的房屋，兩眼不禁想多看房屋的木板，欣賞木板上的雕刻。遇見達悟人時，互相親切地說聲「國該夷」（你好）。走回大馬路，一位教會牧師站在他水泥房門前向我招手，好像是邀請我進屋作客，他是我在蘭嶼第一位認識的牧師，我雙腿毫不忸捏地轉向他家，因為我知道達悟文明沒有虛情假意的高級動作。

我的臉一進門，嘴巴尚未出聲問安，穿著運動短褲的牧師直接地問我要不要吃魚？真不愧是牧師，他已看到我此刻心靈的需求。自從兩腳踏進蘭嶼之後，以往厭惡魚腥味的嗅覺神經好像斷掉了，反而吃上癮。我毫不考慮地點點頭，故意忘了謙虛，我不願錯過吃魚的好機會。

牧師引我走過客廳，穿越廚房，走進堆滿漁具的倉庫，我的胃慢慢膨脹，騰出空位預備吃魚。冰箱難道也擺倉庫，我心裡猜想著。

他由陰暗的牆角拉起兩根竹子，竹棍間是一張細網。他扛上右肩，轉頭叫我一起去拿魚。聽到還要下海捉魚，我的胃突然變得很空虛，趕緊吞下幾口唾液，混和胃分泌腺準備消化魚肉的胃酸，勉強添補空位，隨後跟上牧師沒有鞋印的腳步。

走到海水與沙石交界處，牧師很不放心地叫我停住站在沙地上，然而我不服輸似壯膽跟到礁石上，他已跳進淺灘裡。

純藍的海水不斷沖打礁岸，浪花打在他身上，他看來很享受，向右撈一下，往左撈一下，好像他可以看到海裡的魚，他專心地撒網撈魚。

我小心翼翼地站在鋒利的珊瑚礁上，看見他跑前又退後若干回，好像他會變魔術，腰間的網袋已放兩條一個腳板大的女人魚，然後收網回家。

回家途中，我一直讚美他的捕魚技術，雖然沒有手錶計算他的能力，好像我的腳尚未站得發酸。他不因我許多的讚美而露出一點笑容，反而深深地嘆一口氣。外來人尚未登陸蘭嶼前，海洋森林曾經是達悟祖先共有的生存領域，他們很自然地與大自然共存。有一天台灣政府學日本國插一塊布就稱蘭嶼是他們的國有土地，一艘艘的軍船運載軍人與犯人，開墾達悟人與天共有的土地；隨後台灣漁船越過大海溝，任意侵犯達悟人的漁獵場。他們不了解大自然的規則，好像閉著眼大肆捕殺海中生物，視爲私有財產般大量運送台灣漁市場，將台灣人的貪慾表露無遺，俾使蘭嶼近海漁量漸減。如果是以前，兩腳還沒站定的感覺，就可以回家煮魚了。

走回牧師的水泥屋，牧師娘高興地將兩條魚帶進廚房，牧師帶我坐上他保存僅有的達悟式涼屋，聽他聊起部落的過去與未來。

正談到蘭嶼的未來，牧師娘走來端上一盆熱噴噴的魚湯，轉身再端

上一盆清澈的冷清湯，牧師跳下涼屋幫師母來回廚房端食物。涼屋地板擺上了一盤地瓜、一盤芋頭、一盤未曾見過的糕類食物。我預備好的腸胃忽然強力收縮，好像很興奮，馬上可以享受一頓飽，然而不見中國碗匙與筷子，突然好像走到不說中國話的國家，我不知如何開動享用眼前美食。

善於察顏觀色的的牧師了解我的困難，親切地邀我跟上他的動作，首先在原以爲是冷清湯的木盆洗手，牧師合手開口謝天禱告。阿門之後，右手拿小刀切一塊芋頭糕；左手由木盤抓塊魚肉，裝入我身前的木碗，告訴我可以開動了。

這是我首次享用達悟餐，雖因不熟悉而動作笨拙，但胃腸的消化動作比平時更勤快，不久，就將木板上的食物吃的精光。

肚子裝飽後，嘴巴才逮到機會講話，我請教剛吃進胃裡食物的料理方式，牧師娘毫不保留地教一遍，終於我了解在台灣爲何不吃魚鰓，煮魚原來不必加油添醋，新鮮就等於好吃，就如人的眞誠不必添加物一般。

起身離開牧師的涼屋時，抬頭一望無際的大海，我恍然大悟，大海原來就是達悟人取之不盡的藍色大冰箱。

台灣媳婦的心願

墨魚群集出沒蘭嶼的季節，夜晚變得很冷，晚飯後腦袋空空，隨意趴在彈簧床上，我不知不覺地睡著了。

好像不到睡飽的時刻，我被叩門聲響吵醒，兩腳踢開祖母編織的黑毯子，聽見海濤聲毫無阻攔地進房間，一陣涼風直吹腳底，驚醒後兩眼瞬間擴大，看見大燈亮著，一個人影站在忘記關上的大門，嚇了我一大跳。

「田醫生，快點好嗎？產房急診，有人要生了！」

聽到有人要生小孩，心臟興奮地壓縮血液直衝大腦，一眨眼，全身神經都醒了，一口氣穿好了衣褲，離開房間前抬頭望時鐘，凌晨二時四十五分。

走在深秋夜空下，抬頭望天空，不見月亮影子，星星變得格外明亮，好像眾星持火把等候嬰兒誕生，看起來很有壓迫感。走過交叉路口，強勁冷風直吹我右半軀幹，使我的步伐像蛇行般難向前，想著又要迎接一

個蘭嶼的新生命，心境不同於前往處治一般急診病，越走進衛生所產房，越興奮地哼起無名歌來。

走進產房我立刻閉嘴，一眼看到披頭散髮的護士正脫下無菌手套，十分火急地告訴我，子宮頸全開了，我就像小兵聽到魔鬼班長口令，一段慌張動作後，我還不知道產婦是誰？也不知道胎位如何？一位護士已站在嬰兒護理床邊待命，一位新到職的護士當接生助手，藉機學習接生工作，以備蘭嶼醫師不在或無能爲力時，助產護士可擔當接生任務。

護士大聲教產婦閉嘴向下出力，產婦緊抓著產台手把，繼續大聲喊叫，好像已痛得聽不見護士的聲音，肚子一收縮，她叫得越大聲，臀部扭得更誇張。

她不標準的生產姿勢，讓我們擔憂她用力不當，而無法順利生產，我走近她看清吸氣吐氣的分解動作時，赫然發現她就是嫁台灣回蘭嶼待產的婦人。上個月她首次來衛生所產檢時，護士小姐不很明確告訴我，產婦準備留在蘭嶼生下她的第三胎嬰兒，雖然她已是第三位飛回故鄉待產的婦人，一時不能相信，我們猜她是回來探親而擔心來不及飛回台灣，所以預先來產檢以備萬一，但是我當時已留下完整的產檢紀錄。

當告訴產婦我們已準備妥當後，她似乎已不太急躁了，子宮強力收縮後短暫緩和時間，她喘著氣告訴我，昨天黃昏散步時，胎兒好像也看到她多年不見的美麗夕陽，跟她興奮的心一起跳動，導致她肚子開始不規律收縮，她以前兩胎經驗推算時辰，預計天亮後產下胎兒，然而小孩好像等不及，半夜羊膜破水了。

產婦的下腹強烈密集收縮後，胎兒臉首先露出產道，整個胎頭緊跟著伸出來，子宮持續收縮，生產動作卻突然中止，胎兒臉色漸漸變暗，瞬間令我感到心驚肉跳，我立刻壓抑焦急的情緒，仔細查看，發現胎兒把臍帶繞在脖子上，我迅速請產婦停止用力，以止血鉗夾住臍帶兩端，快快從中剪斷，再請產婦順應子宮收縮用力，胎兒兩肩過了產道口之後，三時十八分，站在產台旁的家屬樂得嘴合不攏，醫護同仁也同時很愉快地接待新生嬰兒，將喜樂充滿了整間產房。

我吸了大家歡樂氣息，堵到胸口的緊張氣壓隨後呼出去了，我馬上把嬰兒嘴巴鼻孔裡的羊水吸走，驚動他睜開眼簾，兩粒亮晶晶的黑眼珠定

住瞪我，接著口出清脆悅耳的聲音，好像非常滿意他第一眼的影像，我把嬰兒放置產婦迅速消扁的肚子上，他痛苦的臉孔瞬間轉變成滿意的容顏。三時二十九分，嬰兒在護理台上用力哭叫，同時胎盤流出產道口，檢查胎盤後，馬上修補生產遭迫壞的產道組織。

接生工作結束，我脫下無菌手術衣，走到只見過一眼的台灣媳婦面前，恭賀他們母子平安。她也開口稱謝，激動地告訴我，還好蘭嶼唯一的醫師在島上，她終於達成了心願，要讓這胎嬰兒第一口吸故鄉乾淨甜美的空氣，眼看最美麗的土地，承受家族人的祝福。

清晨五點鐘，屋外的天空開始出現混雜顏色，只剩幾顆距離較近的星星亮著，我走回宿舍，再鑽入毯子裡，心中感謝上天幫助我，驚險完成異常胎位又臍帶繞頸的接生工作，並祈求上天祝福第一眼就看到蘭嶼帥醫師的幸運兒。

末班飛機後

蘭嶼機場忽然發出螺旋槳轉到極速的聲音，接著聽到飛機瞬間排擠空氣聲、尖銳的機輪離地聲後，八人座小飛機斜身衝上漁人部落濱海上空。飛機成水平後聲音變穩定，機頭緩緩回轉向台灣島方位，它是今天蘭嶼飛台灣最後一班機，此刻除電話通訊之外，完全與台灣隔絕了。如果蘭嶼島民現在發生重大傷病，該怎麼辦？剛由台灣飛來渡假的同學很正經地問我。

我正煩惱如何開口，突起一波大浪撲面而來，尚不及隨波彈腿，海水已淹沒我腦袋。三、四秒過後，海水順著頭髮流過鼻子嘴巴，我可以很正當地閉嘴不說話，腦裡迅速尋找適當答話，又來一波更強更大的海浪把我們衝散了。

海浪將我甩到沙岸，我慌亂了雙腳找不到著力點，再一波大浪襲擊過來，我順應波浪全身後仰，雙眼正好看到末班飛機在天空成小黑點。我定住身體靜靜躺在淺灘上，心裡想著，如果是我遭遇重傷病，誰醫治我呢？末班飛機已飛離蘭嶼，難道就得忍耐等待天亮後第一班飛機嗎？

如果有飛機但沒空位呢？如果天黑了，如果……越想越可怕。

飛機黑影子一會兒工夫就消失了。八代灣上空恢復原有寧靜，我跳入退回海中的波潮，借用海水的力量，輕鬆游向礁石地帶。我帶他欣賞淺灘礁岩的美麗世界，追逐他有生以來不曾遇過的多種熱帶魚，雖只在約五張病床大的海底，他已眼花撩亂。

不知不覺魚群的色彩漸漸褪色，我們游回岸邊，躺在沙灘上享受海潮按摩，臉朝太陽消失的海平面，他時時開口讚佩創造天地的神靈，好像有多位畫匠輪班在天空自由畫畫。夕陽越近海平線，圖形的變化更快，夕陽將接觸海面時，酷肖塗抹蕃茄醬的荷包蛋。我們的讚美詞剛說完，大海把荷包蛋吞下去了，我們匆匆趁夕陽餘光猶存，著泳褲赤腳走回衛生所。

我們抄捷徑爬過陡峭斜坡時，我的右腳板不小心踏到尖銳玻璃，來不及縮腿避開，肉開血流的感覺迅速傳上來，右膝關節不自主地屈曲，腳底離地而身體失去重心，重重地跌坐下來，眼看腳板噴出鮮紅血水，我緊張又害怕地馬上應用潛水鏡橡皮帶綁腳止血，然後踮步跑到衛生所外科手術室。

我躺在手術台上眼不見腳傷，跟曾躺在台上的傷患一樣恐懼。幸好我同學是外科大夫，我很放心地由他處治。當他幫我上局部麻醉時，藥劑在皮肉內擴張形成難忍之痛，我無法承受而大叫幾聲，然後毫無感覺地被縫了四針。

護士幫忙包紮傷口時，我心裡想著，如果不是剛好同學來蘭嶼玩，後果絕對難以想像，自己躺下來了，我才深深體會沒有醫師可倚靠時的恐懼感。

颱風飆雨後的夜晚

颱風天，蘭嶼機場關閉三天了，旅館的糧食已用罄似地，觀光遊客們一窩蜂跑到我宿舍旁雜貨店搶購泡麵。他們路過我門前時被我滷牛肉的香氣吸引，一起轉頭看我房間指指點點，好像很羨慕此時可吃到肉的人。中午，我和剛上任不久的林主任享用紅燒蘭嶼牛肉麵。

當我正陶醉在林主任的誇獎時，上天好像很討厭不謙卑的人，颱風尾挾帶一陣大又可怕的飆雨，大量雨水從屋頂及牆壁滲漏進屋裡，吞下的牛肉還在口裡反芻，我宿舍就變成蘭嶼水芋田似水位漲滿，來不及收拾的紙屑漂浮水面，順著水流出門外。林主任感到非常詫異，蘭嶼醫師果眞是要融入大自然，包括風、雨水。拿出相機拍照存證後，我們運用臉盆撈水，直到天黑。

晚上，屋外風平浪靜，蘭嶼電力公司又恢復提供用電，我跟主任累得只想喝茶提神，檢討下午一場雨水災情。我們意外發現上個月的地震搖裂了牆壁，鹹雨侵蝕多年的鐵皮屋頂被昨日強烈颱風吹開一個洞。我們慶幸屋頂還在頭頂上，邊喝茶邊討論如何極力爭取修建經費。

突然出現急促叩門聲，敲了三四回，才結結巴巴地說要驗傷。我們兩人互瞪一眼，會不會又像四天前一場無心的惡作劇。一位遭酒醉老公揍傷的婦人午夜敲門，只爲了找我開驗傷證明書，卻不願花錢敷藥。門外求診的人又一陣響亮的敲門聲，我心中擔憂或許傷患急需醫師救治。我對著大門應諾立即前往處治，穿上衣褲後迅速走出去。

蘭嶼電力公司學到了達悟族節儉的美德嗎？把紅頭部落的路燈全部熄滅；還是強烈颱風把天上星火吹熄了？我摸黑走到衛生所大門，門前大燈及兩扇大門昨日才被颱風吹毀了，看不見求診傷患，於是直接開燈進外科手術室，沒看到一個人。我轉身走回大門，鼻子聞到烤肉薰毛香味，同時門外暗處竄出三個人影。靠近我的年輕達悟人要求驗傷，站中間的男子由麻袋取出一個重物，另一位拿起夜潛使用的手電筒照明。我正幻想他們送我烤肉後再請我驗傷，他們立刻要我爲手上已焚燒毛皮的羊驗傷。

笑聲差一點從我嘴巴溜出來，我急煞停止呼吸，吞下笑聲後仔細想

著：他們頭頂黑夜騎機車由後山老遠過來，想必不是開玩笑。我緊閉雙唇，認眞地在低燭光燈下檢視傷處。

三位達悟人好像感受到威脅，突然同時移動雙腳，面向門外暗處指指點點。然後門口出現三個人，一位維護治安的老警員，兩位保護國家人民的阿兵哥。

三位達悟人中看是最年長的首先開口大吼，罵台灣人帶野狗來蘭嶼，就像送犯人來蘭嶼管訓，又不好好約束管理，四處咬人，吃蘭嶼養的豬羊。他們三人同聲確定是軍人的台灣狗咬傷了山羊，因不忍心看著山羊痛苦掙扎，來驗傷之前就先烤了，止住山羊悲慘的哀號。

自稱羊主人的男子發出憤怒口吻，請我趕快鑑定傷口，好讓他跟狗主人談判。一時間我愣住了，我的裁決會不會引發狗主人與羊主人的戰爭？我靈機一動，鄭重告訴他們，我只能開人的受傷診斷書，開立羊的驗傷證明只有台灣動物醫師了。

兩位軍人理直氣壯地向前挺胸，但遭警員阻攔，以閩南話交頭接耳。原來剛才他們已先行溝通，兩位軍人縮回胸膛，心有不甘地閉口不說一句話。警員察覺我不能解決狗咬羊的紛爭，於是請他們計算去台灣驗傷所需費用，大家搖頭聲稱不划算。

警員趁機繼續小聲告訴兩位軍人，豬羊是達悟族人重要財產、祭儀的禮肉，或饋贈親友的禮品，豬羊肉不是解決口慾，想吃就殺。既然確實有人發現軍犬惹禍，就照蘭嶼島人的習慣，賠償平息爭端。

兩位軍人已知道賠錢是唯一終止爭辯的途徑，於是改變原先講話的口氣，跟羊主人討價還價。他們自嘲倒楣地拿出三千元賠償，但要求留下烤羊。

羊主人很委屈地收下賠款，把烤羊裝回袋子，準備轉身離去。兩位軍人大聲再次要求留下烤羊，羊主人又轉回身點頭，伸出兩個手指頭。

軍營裡的談話習慣可能很粗暴，看到羊主人帶走已付錢的烤羊，嘴巴已冒出好多句強姦許多人的話。

一位肩膀寬厚的年輕達悟人走回來，口說流利閩南語，伸出右手指向台灣島，如果在台灣撞毀別人的車，賠錢修車後，車子還是歸屬車主人，他們拿走賠償金及烤羊可是一樣的道理。

老警員也來拍拍軍人肩膀，告訴他們，羊主人沒要求殺死闖禍的軍犬，賠錢了事算很便宜了，請他們就此打住爭議。三位達悟人看到兩位軍人無奈地搖頭，隨即轉身離開。

我很關心地問兩位軍人，營區難道也斷炊了？他們無心理我，轉身拔腿走向另一頭，嘴巴又噴出更多令人臉紅的口頭語，邊走邊罵，然後在黑暗中消失。

大小冰箱的差別

爬越海平面後的太陽正露出望南峰時，我正也結束了海灘上的晨跑。跑回衛生所時撞見兩位公衛護士手提訪視包，好似去郊遊。她們說說又笑笑地告訴我，她們正準備前往部落衛生室，進行小兒預防注射工作。

下午，雖然是冬季，陽光正照射蘭嶼衛生所，室溫上升超過了夏季夜晚的溫度。昏睡一個午覺後，走回衛生所上班時，正巧在大門前看見早上那兩位公衛護士騎機車回來，預防注射工作好像很費體力，累得她們臉皮多了幾條下垂的皺紋，一下車就猛跺腳，生氣地嘴巴說不出話來。

我心裡明白她們碰了釘子，於是以安慰地口氣問道：「沒事先聯絡孩童的家長嗎？」

「很早就寄明信片通知，很清楚地寫明注射時間與地點，就是一個人影也沒有。」護士小姐迅速爲自己辯駁，忿忿不平地搖搖頭。

我小聲地提出疑問：「事後有訪視追查原因嗎？」

「我們逐戶訪查之後，更加生氣，她們就在屋子裡，預注通知其實都收到了，就是不要帶小朋友到衛生室打針。」另一位護士也一樣很激動地搶說著。

「這是結果吧！知道原因嗎？」

「還不是因爲魔鬼！」護士小姐以堅定的語氣回答。

「他們有時會主動帶小朋友來衛生所求診，不是嗎？妳們有沒有聽錯？」他們似乎不耐煩地閉口不說話，我又繼續接著問道：「孩童的家長了解預防針注射的重要性嗎？」

「民眾希望我們帶針一家一家地打，嬰幼兒不能帶離家，尤其是前囪門尚未關閉的嬰兒。」

「妳們不能挨家挨戶注射嗎？順便很實際地執行訪視衛教。」我故意提升尾音，並注視她們的臉上反應。

她們好像眞的是不在紙上訪視衛教的公衛護士，她們很鎮定地回答我：「冰箱在衛生室預苗不能離開冰箱太久，因爲會失效。曾經有一次因停電太久，預苗就不能使用了。」

「聰明的上級長官早就爲我們準備了，倉庫裡滿是上級補助的東西，慢慢找就可以拿到攜帶式小冰箱，預苗保存的問題解決了，可以一家家執行預注了吧！況且他們住得很集中在一個部落。」

一位右手正搓磨左手肘的護士激動地說道：「蘭嶼天候惡劣，強勁的海風曾把我從機車上吹下來，小冰箱更礙事了。」

另一位護士好像逮到可以理直氣壯的機會，快速接著說道：「對！對！對！小冰箱太麻煩了，請他們改變一下落伍的觀念，一切就沒問題了。」

我感到非常驚訝地回答道：「讓我們不方便就怪罪他們的觀念，好像不對吧！其實達悟人蠻先進哦！他們明白預防注射年齡正巧是人體免疫力最弱的階段，無法抵抗惡靈也無力抵擋惡劣環境，所以避免將嬰幼兒暴露於惡劣環境，這是他們自古以來的傳統觀念與行爲。」

「所以，田醫師你要我們附和民眾的要求？」她們生氣地說道。

「完成百分之百的接種率是我們追求的目標與責任工作，達成目地的方法由妳們全權掌握。既然在執行方法上民眾與我們無法取得交集，而且傳統觀念不是盲目地三五天就可改變，我們只要把大冰箱換成小冰箱，就這麼簡單，妳們會由不一樣的預注方式取得寶貴經驗哦！」

「田醫師，我們認同你的建議，但是我們護士有困難，我們不希望民眾養成被動的習慣。」

迴響

下午，紅頭部落上空吹著台灣來的西北風，順便挾帶一封掛號信吹進我宿舍，寄件人的住址很陌生，熟識友人當中從未有的非常工整字跡，我漫不經心但右手很粗魯地撕開信封，連帶撕毀信中卡片一角，看到署名「無名氏」三個字，我右手搔頭翻遍腦記憶檔庫裡，沒有此人一絲印象，好奇的眼睛變得視野加寬，看到卡片夾著一張綠色匯票，來不及看信中內容，魂就被支票巨額拉走了，平白無故手持一張我一個半月薪餉的支票，我趕緊聚精會神閱讀信箋文字，紙上寫著：「田大夫你好，在自立晚報看到你的『蘭嶼行醫記』，今天寄上五萬元，希望由你作主，來幫助更多的人，假如有什麼我能做的，請再告訴我。」

突然心裡感到有點失落，起初想藉文字輿論喚起政府的注意，感動尚有良心的大官爺們動用塵粒般的德政，改善蘭嶼島醫療環境。反倒是感動無權無勢但有愛心的人，陸續有人寫信鼓舞我們，記者們寫新聞稿報導且激勵我們，也有寄衣服、藥物、捐醫療器材等等，就是等不到政府大老爺的反應。我找到乾淨的信紙，趕緊回信感謝「無名氏」傾囊相助，同時立即洽購冷氣機及產科機械，蘭嶼病患將可在很舒適的手術兼產房接受治療。

或許距離人民越遠的大官們感覺越遲鈍，「蘭嶼行醫記」寫得再感人，就如猛擊腐木般聽不見一絲絲聲音，或許眞的要改變策略，唯有棒打鈍鈍的頭殼，才有迴響的機會。

物與物交換的醫療服務

早上有位穿丁字帶的老年男子來衛生所求診，仔細問診，他在上一個月亮越來越圓時，好像花粉撲進鼻孔裡，使他不停地嗆鼻子，左等右等，等不到巡迴醫療；不久，猶如喉嚨裡有隻鬼祟的蟲子，刺激呼吸道黏膜，使他不斷地咳嗽，於是走路去附近軍營的醫務所，碰巧醫官返回台灣休假；昨晚好像被惡靈戲弄，忽冷又忽熱，今天清晨破曉時分，正好遇到一位難得善良的觀光遊客騎機車來看日出，他搭上便車來看病，順便要去蘭嶼別館向觀光客兜售手上兩艘達悟木刻小船。我再詳細檢查身體，確定診斷以及開立處方後，請他等候藥房發藥。

我繼續幫下一位病患敷藥時，藥房前出現吵架聲，包紮傷處之後，趕緊跑出去，看見上一位患者站在大門大吼大叫，經達悟族同事翻譯解釋，原來是藥師向病患索取三百元，然而他口袋空空，讓他無法理解的是巡迴醫療免費取藥、國軍的醫官免費醫療服務，既然同樣是看病拿藥，什麼理由要他繳費呢？難道免費的是過期失效的藥嗎？藥房小姐堅持收錢給藥，逼使他失去達悟男人的風度。

他的一番說詞令我愣了一會兒，然後用力找尋衛生所門診付錢取藥的正當藉詞，然而不知如何辯解。

他發現我們無話可說，他的額頭舉得更高，理直氣壯地告訴我們，來衛生所看病還得花公車費，如果不是因已受不了，他會一直等到巡迴醫療車。

或許他相信醫藥可以消除病魔，他無奈地拿出一艘達悟木刻小船，要交換藥房小姐手中的藥，然後還他二百元，因爲小船是五百元。

他不一樣的思惟，頓時讓我心有同感。同是一位醫師在蘭嶼島看診，應用同樣藥材，看診地點不同罷了，卻出現有跟沒有的差別，對台灣貨幣陌生的達悟老人便差了十萬八千里。因此我們也不必一成不變地守護衛生所的規定，如同公務人員們有時脫離政府的規定一般。我將處方簽由藥房取回撕毀，重新開在巡迴醫療處方簽上。

達悟老人拿到藥後，馬上走到飲水機取水服藥，隨後對我熱情地點點頭，好像很贊同我不一樣的處理方式，轉個頭就離開衛生所。

就寢之前，我將早上的特別經驗寫在日記本，往後一有機會與上級長官接觸，我要提議物與物交換的蘭嶼醫療服務模式，以符合達悟社會尚保存優美的物與物交換的禮節。如果患感冒三粒番薯、生產一次二十隻飛魚乾、或五十粒芋頭、或六十個地瓜，可減少達悟人就醫的阻礙。如果明智的長官無法接受另類醫療服務，或許也可以當是政府派台灣醫師去蘭嶼島巡迴醫療，名正言順地提供免費醫療服務。

孤立蘭嶼

昨天傍晚一接到東清部落居民求診電話，我憑藉著記憶而無照駕駛救護車出診。爲病患診療結束後，病患及家屬熱情地招待我食用芋頭糕餅，停留了一些時辰。回衛生所途中，月亮不見了，當救護車駛經墳場旁的道路，疾速的車輪不幸碾碎一張手掌大的椰子蟹，然後大腦開始揣測壞預兆的發生，整晚翻來覆去，好像找不到睡覺的好姿勢，害我今早的心情隨氣溫上升而漸漸浮躁起來。

十點鐘過後，候診椅上已沒病人了，我上樓準備趴在辦公桌閉目養神時，一位待蘭嶼多年的老護士突然由座位站起來，挺升胸膛，語氣直直地對我說道：「田醫師，你會讓以後的醫師很難做。」

突如其來的責怪，讓我感到一頭霧水，然而我已心身疲累，懶得與她辯論，我請她坐下來慢慢說清楚。

「你要搞清楚，我們是公務人員，上班有一定的規範，你讓病人積欠醫藥費，病人一叫，你就隨到，你破壞了公務人員的倫理規則，要是你離開蘭嶼後，以後來的醫師一定不好幹。」

我睏得提不起公務人員服務民眾的口號來感動她，只是小聲地說道：「我盡我當蘭嶼醫師的責任，難道錯了嗎？後來的醫師有他們自己的格調，比前者更好或更差，由他們了！」

我說完話之後，右臉頰立即貼在桌上，以兩手掌包住耳廓，已聽不清她說什麼了。

下午，同事的指責聲仍滯留耳裡，胸中怒氣依然找不到出口，越想氣越多，胸脯將爆裂般難受，我立刻撥電話回台灣，尋求母親的安慰，然而她只溫柔地告訴我已是成年人了。頓時我心靈失去支援而感到空虛，胸悶得無法透氣，我借得一輛摩托車，迅速離開辦公室，騎到蘭嶼燈塔空曠的高山小平地，或許可以向著大海完全釋出單打獨鬥的寂寞。

看著夕陽打發寂寞時，正巧看到一群蘭嶼山羊爬上大岩石，好像也正來感受夕陽的餘溫，有的低頭吃岩壁上的草，有的抬頭望西方；即使站在峭壁岩峰上，看起來很享受。我突然覺悟過來，現在的以後，我還是要繼續面對惡劣的醫療環境，更要苦於對抗公家機構內部腐蝕的壓力，即使被孤立了。

我不吃偷來的魚

一位穿丁字褲的男子很顯眼地由防波堤走下來。我正巧坐在八代灣的沙灘上發呆，他走到我可確認他左手抓公雞的距離，蓋住頸椎的銀色頭盔逆時針方向轉動，我看到了頭盔上的兩個小洞，洞裡的眼神似曾相識，好像對我說話，然後又轉向大海，走到海潮打上岸的沙灘，一群青壯年男子及小男孩已在沙岸等候。

我感到很好奇，爲了尊重不去冒犯看似祭典的儀式活動，我站起來遠遠地觀望。

不久，我看到公雞被殺了，參加祭典的達悟男子依序走向公雞前，手指好似沾了雞血，然後看到他們對著大海說話。

他們完成儀式後三三兩兩地離開，我才放膽走到祭典現場，找位年輕人請教儀式的意義。他親切地告訴我，這是蘭嶼島人每年一次招飛魚的祭儀，而且也是招平安。聽來好像布農族的祈求小米豐收及族人平安的祭

典，只是海洋及森林的差別，他們的生命幾乎已溶入海水裡，尊敬海洋，非常自然地生活在達悟人之島。

又認識一項達悟族的祭儀，減少我對陌生環境不知的焦慮。我內心得意地正準備拔腿離開海灘時，兩耳聽見機器船馬達聲，兩眼循著聲音看見一艘蘭嶼公車般大的漁船，清楚看見船上的人正用力收網，我皺眉擠眼地仔細瞧，漁夫們不是達悟人。我心裡感到非常詫異，達悟族是嚴厲遵守獵場的禁忌，他們怎麼敢侵入別人的漁獵場呢?捕撈達悟人辛苦祭祀招來的魚。嘴巴一面臭罵不尊重蘭嶼海域自然規則的人，一邊跑步趕去上班。

招魚祭後，蘭嶼島的人開始更加忙碌起來。下午，沒有求診病患，我坐在候診椅很無聊，衛生所大門前突然出現一輛藍色小貨車，車上傳出一個熟悉的聲音，很興奮地大叫「買一送一，一尾十元」。

我一聽到非常優惠的價格，立刻跑到貨車箱旁，發現他們是核廢料貯存廠的員工，利用閒暇時間，早晨開小船到八代灣近海捕魚，他們擺出慷慨樣，聲稱爲愛吃魚的人服務，半賣半送，絕非純賺錢。一面聽他們甜蜜的叫賣聲；一面挑選新鮮魚，我發現整車是同樣的飛魚群，大魚小魚全被網上來賣，我縮回兩手，好像突然喪失吃魚的慾望。

想到早上達悟人認眞地招魚，卻被他們中途攔截，就因爲他們擁有優勢的機械船，他們就像搶匪在光天化日下賣贓貨，我笑著小聲告訴他們，我不買偷來的魚，然後轉身跑回診療室。

把飛機圈起來

一架飛機以機腹滑落蘭嶼機場的記憶未消，巡迴車經過機場時，搭便車的達悟人手指機場跑道外的飛機，告訴我們前天那架飛機無緣無故機鼻聞地球，台灣當局立刻派專家鑑定失事原因，認定蘭嶼迷你豬是闖禍兇嫌，於是譴責蘭嶼人不該太放縱迷你豬，並與地方政府協商，規勸島民使用豬圈管制迷你豬，他無法理解爲何要剝奪迷你豬的自由呢？

我回答感到疑惑的達悟人，台灣至今仍處於戒嚴時期，人民不如蘭嶼迷你豬自由，他們想出監禁蘭嶼迷你豬的辦法，我們台灣來的可以理解。

他聽了還是搖頭，他說聽過台灣的火車撞死要自殺的人，他們萬萬不相信迷你豬會去撞飛機，應該是航空公司賠償豬主人，因爲飛機撞死迷你豬。至於如何避免再發生撞豬意外，他說台灣專家已想到了，就是把飛機圈起來，飛機就不會去撞死迷你豬了。

門診室裡的記者採訪

「借用一點時間，可以嗎？」一位穿藍短褲裸露上身的男人站在診桌前，以達悟式國語問道。

我愣了一會兒，爾後看到他赤銅色肌膚，一排優雅的鬍鬚，一眼誤認爲蘭嶼島民，再詳細衡量他皮下脂肪後，確定是來自台灣的平地同胞。他是前天剛見過一面的記者，住在蘭嶼島一些日子了，爲了觀察並以他鋒銳的筆桿挖掘蘭嶼的困境與問題，卻意外發現島民的生命健康就交托給大自然裁定，或依賴功能不健全的衛生所，因而他延長駐留蘭嶼，準備深入探討蘭嶼落伍的醫療照護。

也許他在門外等候了一些時間，當病患拿處方簽離開診療室，他就迅速走進來，利用極短時間採訪，他高興地對我說道：「你們主任進來蘭嶼了，終於被我等到。」

他停頓一下，發覺我不在乎的樣子，繼續問我：「主任是正牌醫師嗎？」

「哦！正是。」我很鐵定地回答。

「剛才主任接受我的採訪，他無奈地告訴我，衛生所本以公共衛生爲主要工作；主任辦理行政業務。因爲蘭嶼島上沒有醫院，衛生所醫師勢必擔負醫療業務。遇到醫師休假時，主任就得擔當雙重責任，出現許多無法克服的障礙，他肯定自己不太適合蘭嶼，你的看法呢？」

「主任是我的學長，行醫經驗豐富，處治求診病患的能力綽綽有餘，他的無奈或有他因吧！」我很小心地回答記者的問話。

「主任也提到衛生所經費短絀、人事異動頻繁、受訓機會少，以及個人家庭因素諸多問題造成蘭嶼衛生所先天體質不良，田醫師，這些會不會影響你們的醫療服務品質？」

他好像開始找衛生所的弊病，我略微警戒地回答他：「我尚未成家，或許影響不大吧。」

「他不常在蘭嶼是爲什麼？請問田醫師。」

「可能是爲了開會，或忙於公衛的行政工作，因爲他是主任。」

「我想知道達悟人的健康狀況，以及就醫方式，主任似乎沒什麼概念，他強調自己不是蘭嶼衛生所的最適當人選，請問蘭嶼衛生所需要什麼樣的公務員？」

「好了？我要看病。」一位年輕阿嫂很不舒服似地突然打斷記者的話。記者朋友轉頭正視站在他背後的患者，馬上跳起離座，讓位給病人。然後低頭退到門邊，口裡低聲唸著：「很抱歉！打擾你們了，找一天再來訪問田醫師，如有任何意見下次再談。」

我也趕緊安撫上腹痛的患者，並介紹記者朋友關心蘭嶼醫療而來採訪。

病患不耐煩地搶先說道：「話不用太多，蘭嶼要的是眞正會在的醫師。」

記者突擊採訪已讓我招架不住，患者又說得非常直接反而使我心虛地趕快拿病歷，爲患者檢查診斷，而後開處方。病人拿了處方簽離開門診室，我背靠診療椅努力想著下次如何面對記者。當兩眼看到她領完藥後走出大門，我想到了，巡迴部落看病人就可以避開記者採訪。

盜匪

聽到第一班飛機的降落聲之後，我提早趕到機場等候台灣來的朋友，看見飛機輪流起降未曾中斷，兩家航空公司加班再加班，載來遠比春夏旅遊旺季更多的客人。我仔細觀察機場內每一張臉，找不到熟識的人，倒發現一群穿制服的警察，好像軍隊演習般提著同一款式行李；尚有一群大學年齡理短髮的男生聚集機場若干角落，他們像初次登陸蘭嶼島的客人，眼睛睜得一樣大大，然而顏面看不到第一次的興奮或喜悅，倒使機場氣氛變得陰森詭異，相信尚有良心的壞人今天一定不敢出入蘭嶼機場。

找不到熟人的影子，卻發現絕無僅有的空位，唯恐被人先馳得點，我迅速搶坐下來。屁股還未擺在最舒適的位置，我多毛的大鼻孔已感覺到陣陣透入人體的香味，快速轉頭，兩眼尋查香氣源頭，看見隔一座位地上有一塑膠袋，整袋裝滿蘭嶼百合花。我的嘴巴不知不覺露出驚訝的聲音，同時塑膠袋忽然迅速被提上來，緊抱胸前。

我的眼珠跟著袋子移動，在一挺起聳拔的胸膛前停住，她好像看到我眼球裡的影像，快速轉身過去。

我伸長上身問她袋中百合是否漂亮？她好像很害怕長鬍鬚的男人，上身緊縮點頭不說話。

我介紹自己也是台灣來的人，然後再開口問她是多少代價換得？還是趁蘭嶼人沒看見時拔下來呢？

隔座一位她女同伴站起來指責我好管閒事，她理直氣壯地指蘭嶼人懶惰不摘花來賣，她們不是搶偷人家的花，而是自己冒險爬岩壁採花，百合花不列入保育，帶花回台灣也沒犯法。

我也提升聲調告訴她們明知黑岩壁上百合最美麗動人，未經島嶼主人許可就拔取是盜賊，剝奪後來遊客賞花權利是匪徒，我差一點情緒失控，大聲請她們將百合花留下。

一位帶槍的警衛突然跑來，勸我不要干涉他人自由。看著警衛腰間手槍，我縮回身體，站起離座，很不甘心地小聲告訴他們，帶走芳香的蘭嶼百合花可以是台灣人的自由，但是不該把毒臭的垃圾很習慣地丟來蘭嶼吧！一說完馬上掉頭離開座位。

剛巧又有一架二十人座飛機駛入停機坪，巨大的螺旋槳聲響，轉移了大家的注意焦點，讓我躲過了大家審判的眼神，我站到機場門外繼續等候台灣綠色團體的朋友。

驅逐科技惡靈的一天

清晨天空曾出現短暫暗紅，當我起身迎接搭早班機的反核朋友時，好像地球又轉回去了，晨霧濃濃使天空比夜間更黑，我駕駛亮大燈的救護車，趕往蘭嶼機場去。

到達機場停車處，強勁東北風將霧氣吹散了，天空漸漸開朗。撞見幾位警察和年輕人，就是昨天於候機室看到的一群外人，現在他們穿上暗色制服，挺胸站在好像被分配的位置，表情黯淡，使機場變得陰陰喪失早晨的朝氣。還好朋友們興奮地挾帶戰鬥氣氛下飛機，感染我高興地帶他們上救護車，趕緊開到順時針方向的環島公路上。

車抵蘭嶼島北岸的朗島部落，看到部落男子扮似戰鬥武裝，我的心跳莫名其妙地加快，朋友們把抗議布條、手提廣播器塞進救護車上後，我們繼續往前走。

車過東清部落後，鬆散的雲塊被東北風擠來東清灣上空，救護車擋風玻璃漸漸模糊起來。駛近鋼盔岩，遇上由東清、野銀部落出擊的達悟人，他們戴著各式各樣的雨具，徒步向蘭嶼貯存場推進，讓一位老人擠上救護車後，加速往前。

越過龍門溪邊的一處軍隊崗哨後，來到蘭嶼環島公路最寬最堅固的路段，我們停車下來，把車上所有抗議用的道具搬下車，就地等候蘭嶼東岸部落的達悟反核隊伍，以及騎車或走來的台灣反核朋友。然而今天還是我的上班日，爲了避免觸犯公務人員法，萬一抗議行動有意外災變，朋友們勸我回衛生所上班待命。

不能親身感觸蘭嶼首次抗議運動，無法親眼感受蘭嶼反核的憤怒，我感到非常惋惜，心有遺憾地坐上救護車後，繼續往前開走。轉一個彎之後，看到右手邊的高牆一排「歡迎光臨」的字樣牆內就是堆置核廢料鋼桶，貯存場提供遊客自由觀玩，好像證明給蘭嶼人看，核能垃圾很安全。

再右轉就是貯存場入口，大門前已設下路障，鎮暴警察部隊已布陣。我停住車，面向站在雨中很無辜的鎮暴警察，我用力按喇叭，大聲請他們不要傷害溫和善良的蘭嶼人，不要當政客的幫凶，然後猛踩油門逃離恐怖的地方。

穿過龍頭岩與山壁形成的開天隧道，西岸部落的達悟人摻雜台灣反核人士的隊伍迎面而來。我放慢車速，伸出頭欣賞他們雄糾糾氣昂昂的樣子，我擺出勝利V字符號，揮手打招呼後開亮救護車警燈，快速開回衛生所上班。

午後，天候與海水一般黑，我仍看清楚三三兩兩走過衛生所大門的抗議勇士，他們的臉色呈現複雜表情，我無從猜測抗議行動的結果，觀察到他們走路沉重的步伐，我臆測反抗運動的種子已被栽種蘭嶼島上。

晚餐後邀請台灣反核朋友喝茶談天，這群抗爭必到的朋友們同聲稱讚非常不一樣的反抗運動，來蘭嶼好像是多餘了，他們的抗議聲都消失在達悟人憤怒的吶喊聲裡，大家相信達悟人驅逐科技大惡靈行動會有成功的一天。

誤人誤己

「田醫師，場長來找你哦！」樓下的同事以驚訝的語氣大口地叫著。

核廢料貯存場的場長怎麼會來找我呢？醫人的衛生所與核廢料貯存場業務不相干吧？！我慢慢走下樓，努力想著如何接待島上唯一的中央級大官。

穿著跑步鞋的場長很溫和地自我介紹後，直接了當地問我有關蘭嶼居民的健康狀況。其實他早已準備資料似地，我尚未說明清楚，他就宣布核廢場考慮補助衛生所，以提升服務達悟人的品質，擬議提出嚇昏人的一筆金額，準備提供重病患後送台灣的經費，讓蘭嶼島居民享受建核廢場後的益處。

我找出一份蘭嶼疾病統計資料給場長後，以爲他可以調頭走了，他卻走向診察室，請我開感冒藥給他，於是我轉身走進掛號室幫他填寫新病歷。

我低頭寫資料時，內心直佩服高智商的官員們，他們清楚人性的弱點，了解達悟人耿直單純。於是想出危急中伸援手的方案，讓受益的達悟人永遠感激及時伸援的核廢場，我搖搖頭走進診察室，口裡小聲唸「厲害（利害、利害）」……

「田醫師，你說誰厲害？」場長坐在診療椅上轉頭問我。

我邊走邊說：「政府『狠利害』喔！」然後小聲唸在嘴裡說道：「利益『害』達悟人。」

「如果中華民國政府不厲害，蘭嶼哪會繁榮進步嘛！」場長得意地回話。

我坐定之後，他直接陳述常患鼻塞流鼻涕，我也仔細問診開處方，然後請他去藥房前等候。

他又進來診察室，我以爲他忘了帶走什麼東西，他再坐上診療椅，雙手擺放診察桌上，升起胸膛，很鎮定地說道：「田醫師，前幾天你那些朋友幹嘛來蘭嶼搗蛋呢？綠色運動者是目前台灣社會的致癌物，醫師怎麼會跟他們混在一起呢？」

「報告場長，當天你應該是清醒的吧！反核示威是由達悟菁英份子發起，他們主導很不一樣的示威活動，那些綠色朋友因爲跟我們一樣來自台灣，看到達悟人在強風豪雨中驅逐台灣來的惡靈，反而變得很尷尬又愧疚，怎麼有臉挺身搗蛋呢？」我故意裝出無辜的嘴臉，慢慢說著。

「你學醫的人更應該知道，反核就如走回原始，現代科技已是轉不過來的方向了。」

「享受現代化，不一定要先遭受核污染吧！況且蘭嶼島的人不曾享用核能的好處。」

「其實我很了解，反核運動的本質就是勒索政府，逼迫政府提高補償金額。」

「場長應該知道，給遮羞費表示做了不可告人的事；同樣道理，政府錯了因此給人民補償金，反核跟補償金是兩碼事，達悟人爲何要激烈反核，場長只要傾聽他們的心聲就明白了。」

「我知道達悟人最擔心核放射性物質污染，這一切我們早已妥善預防，時時監測，萬無一失，貯存場絕對安全，我跟員工們就住在核廢料上面，不是好好的嗎？政府每年編列巨額補償金，主要是因貯存場借用了蘭嶼的小部分土地；政府不會虧待人民，因爲不可能一一發給民眾，以致於他們感受不到建核廢料貯存場的益處，所以我們想到了醫療立即補助的方法。」

「場長大多時間去台灣開會，不是嗎？來蘭嶼時四處邀人吃飯、喝酒、唱歌，這些可以說是不安的情緒反應哦！」

「田醫師，怎麼你像達悟人一樣，不明就裡隨便說說。」場長生氣地說道。

「我相信場長可以體會，當面對龐大不明物時，每個人一定產生恐懼。更何況達悟人的土地被侵佔了，民族自尊遭受外來人的踐踏，場長，不能低估了達悟人，總有一天，貯存場會被達悟人踢出蘭嶼島。」

場長的脖子突然變粗變紅，雙唇顫抖地說道：「田醫師，請記住！我們都是台灣來的，不要跟政府作對。」話一說完，他轉身就走，忘了把藥帶走。

　　我趕緊追去，在大門攔住場長，將一包藥遞給他，並說明服藥方式。

　　場長的右腳移動要離開前，我鄭重地說道：「如果場長的感冒症候沒什麼改善，請到大醫院詳細檢查，核廢料污染可以致癌，小心喔，誤人會誤己……」。

　　場長好像沒興趣聽我的忠告，我才說一半話時，他已悻悻然地離去。

頓然醒悟

今早台灣來了三個朋友，他們在飛機場等候飛機時很無聊，買了台灣各式各樣的報紙。當他們離開我宿舍時，忘了帶走，我好奇地一張張翻閱，看到紙上印滿打打殺殺的影子，或男女偷搶的醜聞，台灣島上好像沒有一件值得稱讚的事，宛如是一個野蠻人的國家。

回想兩年前，當決定赴蘭嶼行醫時，我勤讀有關蘭嶼的文獻資料，專家學者的蘭嶼島住著原始未開化又不文明的土著；現在看著手上台灣的一天，我很懷疑，自稱禮儀之邦，又是文明富裕的台灣島國，卻充滿血腥暴力，被稱爲不文明的蘭嶼社會反而比較和諧安寧。

我無意間把報紙搓揉成一團紙球，選擇離我最遠的垃圾桶，擺好優美的姿勢，很準確地投入桶子裡。我頓然醒悟，文明與野蠻的標準是什麼？！

關懷

飯後不久的夜晚，我正洗刷碗筷時，忽然出現熟悉的敲門聲，我立刻丟下菜瓜布，凝聚注意力仔細聽，一位發高燒的小朋友掛急診病號。

兩年來每次響亮的敲門聲消失後，我從未猜錯，雖然這間舊宿舍的灰綠色屋瓦會漏雨，有裂痕的牆壁遇雨就滲水，但值班護士敲打厚門板的聲音一直不變。我已調整心情，迅速穿上衣褲，準備去處理急診病人。

右腳踏出宿舍之後，第九十一步就是左腳跨過衛生所大門。我低頭默唸第十九步時，突然一人由暗處大聲喊住我，抬頭一看，是位派出所警員，兩手還拉著褲拉鍊，步伐不穩地故意碰撞我肩膀，他順勢抓住我的手，另一隻手肘勾住我頸子，滿嘴酒氣貼近耳朵說道：「田醫師，你知道嗎？我每天注意你走來走去，想跟你喝一杯，現在剛好，走進去喝吧！」

我知道半醉的酒鬼最難纏，說明原因只是浪費口舌，但我堅持優先處理急診病患，用力掙扎幾秒鐘後，終究抵不過警察專捉壞人的臂膀，硬是拉我進去。

我放棄了掙扎，跟他走到酒桌前坐下來，他與另一位台灣來的公務員喝掉了一打啤酒。我爲了儘早擺脫他無理糾纏，主動舉杯一一敬酒，當舉酒杯敬警員時，他的右食指對準我鼻尖，小聲說道：「田醫師，不要以爲我們警察很笨，現在還是戒嚴咧！你……你是黨外份子，對不對？！」

我明白如果反駁只會煽起爭吵的火苗，我忍住心中火氣，假裝聽不懂，舉酒敬他一杯。

他喝下一杯酒後，轉身對他的酒友說道：「你也喝吧！大家一起喝，剛剛說笑話不算數，不要告訴別人。」

我自己再倒一杯酒敬警員，感謝他的關懷之後，輕聲說明病患緊急求診的事，然後轉身快步走開，好在警察的酒友迅速攔阻他。

跑到前往衛生所的暗路上，我像隻掙脫獵人陷阱的小猴子，低頭向前衝到衛生所大門，然後放慢腳步，心裡非常困惑，怎麼還有人注意看我。

不吃醜怪的魚

好像是什麼偉人的日子，今天不必升國旗上班。因爲一天假日無法湊成連續假期，我和同事們留在蘭嶼島上休假。雖然昨天下班前衛生所大門已掛上休診牌，然而島上人民的病痛不休假，休診牌變成無意義的告示，就如月曆上紅色數字在達悟人是一樣的日子。

上午，我們忙著處治來診病患，服務不小心生病的觀光遊客，門診工作反而比平常日更忙碌。當身體出現疲憊感時，一通邀約去海邊烤魚的電話之後，體內開始分泌促使心跳加速的激素，好像慢慢吹漲的汽球，全身肌肉舒展起來了。最後一位病患領藥離開後，我迅速趕往朗島部落，與一位達悟族朋友會合。

好像身處水族箱裡，一眼望見形形色色的海魚，魚兒們不在乎我們手握的魚槍似地，游過我們身旁時可以不加速。我緊跟隨朋友的蛙腳，游過一處海床是金黃色細沙的海灣，進入珊瑚礁岩海域。我被蛙鏡底下千萬個珊瑚群體吸引住，豔麗的色彩和複雜的形狀更令我驚歎不已，我幾乎無法細心地尋找獵物。

游經像中國扇子的角珊瑚，活生生的珊瑚隨海水柔柔地搖擺觸手，好像拍打闖入珊瑚領域的小魚蟲，我潛入海裡，就近感觸也稱爲動物的珊瑚群，浮出海面換氣幾次後，發現自己離開了朋友的蛙腳，我趕緊浮潛尋找他的蹤影。

看到朋友的呼吸管後，我再次潛入海水游向他的方位，當以蛙腳踢了第三次海水時，兩腳忽然動彈不得，身體緩緩浮上來，像隻受電擊的青蛙，瞬間喪失動力地四肢張開，睜眼仔細看清海底，確實有兩隻眼睛瞪我。

當海沙上的小眼睛動一下時，嚇得我全身肌肉收縮，騷動了周圍的海水，間接地驚擾了海底的陌生怪物，我漸漸看清楚，牠有一張瓜子臉大的形體，兩顆眼珠長在同一側，很詭異地直衝游過來。

我急忙踢水側游，避開陌生的怪物，當我轉頭測量是否游到安全距離時，看到朋友正衝向海床，潛水行進中放槍，瞬息間，箭簇破水痕跡前方出現一陣掙扎，我熟悉了他下一個動作是循線抓住獵物，但是他好像跟我一樣害怕地往後縮身，快速拉回魚槍，游向沙岸。

我隨後游上岸來，看見他正把獵物丟到沙地上，我興奮地向前伸手要摸牠，並請教怪魚的名稱。

他說一個達悟語的名稱後，把怪獵物移到我眼前，讓我看一下，隨即伸展右上臂，將魚丟回海裡，好像看到了髒東西，他臉上絲毫無可惜的表情。

他的一連串動作令我不解，是魚有病嗎？還是有毒呢？他小聲告訴我那隻叫比目魚，看起來太噁心，他不吃又醜又怪的魚。

我以非常惋惜的口氣告訴他，在台灣難得吃到比目魚，那麼輕易地丟回海裡，他眞是暴殄天物。

登陸蘭嶼島後，水芋田裡的美妙歌聲消失了，發現他們把聲音優美但皮膚怪異的青蛙吃進肚子裡，好像蛇一樣饞嘴，但是他們又喜歡吃蛇，他大聲強調台灣人眞的無所不能。

聽完他不吃比目魚的道理，我回憶剛才看到比目魚的剎那，原懷疑是身埋沙土而露出雙眼的死人，認眞地想起來，牠眞的是醜陋且看似邪惡的怪物。難怪他相信吃怪魚的人會變怪人。

自然生產

右半身懶洋洋地斜靠窗門，睜開疲憊的雙眼，注視窗外椰樹，搖晃的葉子不約而同地指向近太陽落海的西南方位。我內心盤算著，今天勢必換穿長褲大衣了。

吞下一碗熱騰騰的碗麵之後，全身筋骨活躍起來，好像一天就由此刻開始，穿上衣服準備上班。也許是今年第一次穿冬天的衣服，走近牆壁上的大鏡子前，禁不住想多看自己的風采幾眼，停下來發現，我的腰圍如樹幹年輪般多了一圈肥油。調整略微不合身的長褲，兩腿遲疑一下，最終決定如鏡中的穿著走去上班。正當右腳隨後左腳跨越擋老鼠的門檻，右腳喪失記憶似忘了抬腿，腳背踢到門下橫木，絆了一跤，使得我上身加速往下墜，幸好雙手掌即時抓地頂住身體，我盡速站立，拍打掌上細小砂粒，小心翼翼地走向衛生所。

會不會是個壞預兆呢?走得越快心上的疙瘩越難解開，於是放緩步伐，仰起額頭且閉住雙眼，祈天保平安。正張開眼睛要平放視線時，兩眼看見救護車停在衛生所大門前，耳朵清楚聽見引擎發動的聲響，兩位護士小姐及司機先生由衛生所內急急忙忙衝出來，他們正在準備出診使用的醫療器具，我突然受感染似地，慌張地向護士小姐詢問究竟。

清晨七點鐘，蘭嶼島上的電信代辦處正開機營業，離衛生所最遠部落的村長打電話來，一位村婦即將臨盆，要求衛生所醫護人員前往協助。

護士小姐自認倒楣，如果不是太善良了，否則她也會跟其他同仁一樣，做個不打折扣的公務人員，避免於上班時間外接到人民求診案件。她還是起床跑去接聽響著不停的電話，很專業地請村長轉告產婦的家屬，盡速護送產婦來衛生所，到時醫護人員已完成迎接產婦生產的準備工作了。

第一班公車停靠衛生所前的紅頭車站，五位陸續下車的乘客裡，不見手捧大腹的婦人也不再有任何有關產婦的音訊，護士小姐很直覺地叫醒救護車司機，預備好生產簡易器械之後，再去叫醫師起床，準備主動出診。

聽完護士小姐有些不情願的報告之後，我加快自己的動作，迅速再清點器械一遍，同時誇稱即使半身不遂仍可用半身開救護車救人的司機早

已雙手握住方向盤，等候出發的口令，護士小姐紮好產包後，司機先生很有默契地猛踏油門，吸不到十次空氣，救護車已遠離紅頭部落。

耗費了平昔到達朗島部落的一半行車時間，救護車突然右轉駛離環島公路。退下一檔後，馬上加油衝往上坡的岔道，爬上車路的最高點，左轉就到了全島最整齊的住宅區，五列劃一南北向的房屋是不敢保證品質的台灣製國宅，可能因日夜慘遭風雨浸入腐蝕，看起來好像停工列隊待修的火車，家家戶戶關住同一型式的大門，似乎與達悟人獨立特性格格不入，也讓我們傷透腦筋，不知從何找起呢？

救護車駛入棋盤式兩車輪寬的巷道，互相垂直且單調的水泥巷道上空無一人，除了幾隻野狗及正享受日光浴的迷你豬。司機先生面帶難色地轉轉方向盤，漫無目標地四處亂闖。我內心猜想，部落的人或許都跑去等待嬰兒誕生。救護車停停走走，我們挨家挨戶找尋有誕生嬰兒喜氣的家，然而繞了半圈，聞不到迎接新生命的氣息，倒像部落發生不祥事件般地寧靜。正懷疑產婦住傳統部落時，一位老人由破洞窗門伸出右手，食指點算著斜對面的房子第四間。

救護車的煞車系統太老舊了，發出嘎嘎聲後停在老人指示的房屋大門前，一位四十出頭的先生受驚似地打開大門探頭往外看，見到我們提產包下車，他很安心地小聲告訴我們就在家裡。

推開大門走進一間可擺滿三張產台的客廳，站在客廳就看到廚房，一位婦人正在移動柴火燒煮開水，右側是兩間臥室，男主人領我們走進臥室，我心裡已準備好即將要施展接生的技術。

眼睛已適應了屋外強烈的明亮光線，突然進入臥房，眼前一片黑，過了一會兒，看到他們以毛毯當窗廉，難怪把臥房遮暗了。

張眼再仔細看密不通風的臥房，唯有已包上暖和大毛巾的新生兒躺在堆滿衣物的床上。我走近床邊正眼注視小嬰兒，他偶而睜眼看露出鐵條的天花板，好像對偷工減料的屋頂感到好奇。我很興奮地抱起嬰兒，拉開大毛巾，仔細檢查嬰兒的生理狀態，沒有發現任何異常，於是請護士幫忙照護新生兒。

然後很公式地進入下一個步驟，轉身尋找剛完成艱辛任務的產婦，她一定無力地躺著忍受產後痛，我很肯定地猜想著。然而兩間臥房沒有產婦的影子，忽然憶起文獻資料記載，達悟人設有專用產房。我走進廚房，看見婦人正掏大鍋裡滾燙的熱開水，開門的男子雙手捧著已裝冷水的臉盆，婦人伸手指試水溫後，請那男子搬去臥房，我利用空檔問婦人產婦在何處？她好像感到莫名其妙地告訴我，她就是新生兒的母親。

我感到非常訝異，忘了下一個動作是什麼，然而婦人似乎了解我的困難，她斬釘截鐵地告訴我，她已是第五次在家自己生小孩，不必再檢查她了。然後拿著兩條乾淨毛巾快步走進臥室。護士小姐也吃驚地問他們怎麼會接生？婦人笑著回答，就如從前的人一樣，很自然地生產，或由產婆幫忙，至於生產接生技術，大多由涼亭上的婦女朋友互相傳授。其實達悟女人約十幾歲時，母親親自帶他們上山工作，一面工作，一面把當女人的智慧傳授下來。

年輕的護士小姐仍然搖頭無法理解，繼續幫忙用乾毛巾擦拭嬰孩的身體。我也繼續做產後衛教，也許是面對著老經驗的婦人，我結結巴巴地完成了衛教工作。

離開部落抵達衛生所之前，一路上我們談論著不可思議的自然生產。

新年快樂

定居蘭嶼島的中國人前幾天就忙於往返台灣辦年貨，隨後在蘭嶼工作的台灣中國人也急著擠飛機回台灣，同時遠赴台灣工作的蘭嶼人趁著中國年假回故鄉。平時冷清的蘭嶼機場沾上了新年熱鬧氣氛，當載送衛生所同仁們到機場，我的歸鄉情緒雖受影響，但仍然留下來，與藥師、護士和司機，四人在蘭嶼放中國年假。

初一初二我們處治的急診人數異常多，離島出外賺錢的人帶台灣禮物回家，有些人吃不慣而鬧肚子；有些孝順的兒女帶著平時無力看病的老人；有些是快快樂樂地飲酒而發生意外，讓我們忙得無法過好新年。

初三的中午前，一位老媽媽被她的家人抬上手術室，她右手拿上衣用力壓右臉頰，好像傷勢不簡單，順著衣服流下不少血水，看得我有些緊張，趕緊拉司機幫忙處理可能很糟糕的創傷。她的家人在旁簡單又快速地說明原因，她兒子去台灣賺錢，也賺到一直喝酒的壞習慣，被她勸了幾句，兒子借酒裝瘋，她與兒子拉扯當時，她的檳榔刀在自己臉上剜一個大洞，她兒子本想送台灣救治，但蘭嶼機場因能見度低而已關閉。

我拿開老媽媽手上的舊衣服，顎骨上方傷口迅速噴出十幾公分高的血水，細如一根海釣用的魚線，好像與心跳同步時低時高。我測量受傷範圍，發現裂口冒出清澈的體液，懷疑是否一併割斷唾液腺管，看著不斷噴射出大量血液，我心慌得找不到出血點，腦裡只考慮如何止住血流，不再想看清是否切斷神經或腺管，把出血處粗略地用縫線結紮，發現不再噴血後，再將臉皮準確地縫回原位。傷口處治結束之後，把病患留下觀察。

我清洗雙手之後，走進藥房，發現藥師邊批價邊搖頭，藥房外病患的兒子講一堆含著酒味的話，他質疑天文數目的醫療費用，爲民服務還要索取費用嗎？藥師突然提醒我，我們熟悉的這位老媽媽有位職業軍人退伍的兒子，我請他們拿榮眷保單抵老媽媽的醫療費用，他們臉上馬上顯現新年快樂的表情。

忙了一陣子，我們四人一起吃中餐，餐中談及受傷的病人，大家異口贊同，今年用一件善事祝福我們的新年快樂。

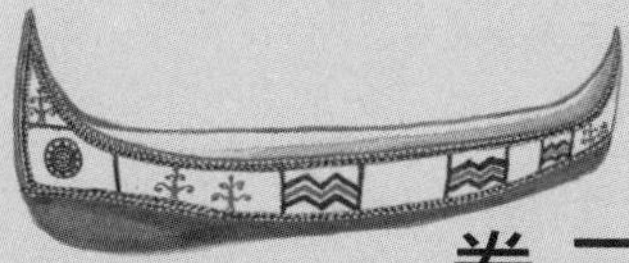

卷三

台灣大醫師的疑惑

小朋友診斷醫師的不安

冬天狂飆的東北季風遭紅頭山的阻梗，無法吹來八代灣作怪。整個上午，我坐在診療室工作，一樣可以感受八代灣很安靜。

午飯時刻，我走回宿舍途中，溫溫的陽光經海水折射到我左臉頰，誘使我轉頭面向大海，望見小圓弧的波浪規律地上下振動，形成閃亮的金色反射光波，好像海魚浮出海面炫耀亮晶晶的魚鱗，誘惑著我。

走進宿舍後，整理浮潛泳具和魚槍，急忙脫掉染上藥味的衣褲，穿了泳褲後，迅速跑向大海，忘了吃中飯。

自從於蘭嶼學會游泳之後，潛水追魚已是我的消遣活動。兩年多的日子以來，幾乎已熟悉我固定潛水的海域，雖然只有半徑約五十米，我尚未開始了解海底裡的奧妙世界。

跳進海水中，往常一樣地在多種魚群中挑選奇特的魚，經排氣管吹出一口水之後，發現一隻黃黑色相間條紋的蝶魚，兩手端起魚槍，箭頭指著魚頭，終究不忍心殺死美麗的魚，我任牠游進礁岩洞裡。

游回水面吸兩口氣後，我學像青蛙張大四肢，解開肌肉張力，輕輕地漂浮在海面上，欣賞潛水鏡下的海底世界。

宛如近視眼的浮游魚瞧不起我手中的魚槍似地，一群群地在我身邊游行，十多條一張臉寬的倒吊魚游到魚槍前，悠哉遊哉地搖擺尾鰭，好似向我挑釁。我毫不客氣地射向牠們，然而我的短魚槍射不到魚的距離，只看到箭頭周邊的魚受電擊似地，停駐半秒鐘後，迅速逃離現場，各尋自己的遮蔽方式。

收回綁在線上的魚箭，模仿達悟漁獵人潛入海礁岩洞內，搜查見不得人躲在洞裡的魚。突然發現達悟傳統地穴屋般深的沙地上一陣騷動，看見一隻如一顆心臟大的怪魚，嚇得我倒退一個手臂，或許是凸出全身表面的針狀物讓我感到不安；我向前移動一個身體的距離，仔細觀看牠邊游邊沉思的可愛模樣。然而我用盡嘴裡貯存少量的空氣，兩腿一踢，讓呼吸管子浮出海面，用力換氣後，再游回原位。

好像牠也要浮上海面換氣，以非常典雅的姿勢游過來，約近一枝魚槍的距離，牠不再直線前進移動，只擺動身上彩帶般的魚鰭，色澤鮮豔且圖案優美，我情不自禁地想伸手摸摸牠。

當我伸出右胳膊時，忽然想起達悟小朋友曾警告我，大海中的美麗可能是陷阱，趕緊收回右手臂，慢慢游離可能有毒的怪物。

快速收緊的軀體牽動周圍的海水，也驚動了那隻美麗的怪魚，我躲到左手邊的大礁岩時，牠也慢條斯理地游回礁洞裡。我腦裡猜想著，牠會不會是有毒刺的獅子魚呢？好在手持魚槍，我大膽地往後繼續尋找漂亮的魚。

游到一塊巨大珊瑚礁岩時，發現不同種類的珊瑚生長在一起，但是搖擺的姿態卻不相同，好像它們在捕捉水中小生物。我的潛水鏡貼近小洞探看，幾乎每一個洞裡皆有各類生物，互不侵犯。我小心地用魚槍一洞一洞地騷動，有的迅速鑽進深洞，有的暫時逃離洞口，有些根本不理我。數不清的陌生魚就在身旁游來游去，實在是太過癮了。我移動魚槍指向一張嘴大的洞前，黑洞內出現一隻怪物衝撞過來；露出洞口時張開比洞口大的嘴，就要頂撞魚槍時突然煞住，我被嚇得開大眼睛，看著牠也失神的一剎那，我手腳併用地奮力打水，快速逃離珊瑚礁岩地帶。

游到沙石海床的區域，兩腳踏不著沙地，於是張開雙臂，兩腳輕輕打水，浮起頭顱，快速喘氣以緩和緊張的情緒。想到接二連三地遇上怪物，今天一定不是我的好日子，於是收起魚槍準備游回岸上。正當我要伸頭潛泳時，一個透明的物體漂浮在潛水鏡前，確定是有生命的物體時，我感到全身不安；企圖慢慢遠離陌生的生物時，突然背部一陣尖銳的刺痛，痛得不深但有點熱，我立刻轉身尋找肇禍的凶手。清澈的海水應當可讓我看清攻擊我的禍首，睜大眼睛查看，也只看到毫無雜質可遮蔽的海水。

一幅海中怪的畫面呈現腦海中，我又使盡全力衝出海面走上岸來，趕快伸手摸背，感覺到一條浮腫的痕跡，會不會有毒呢？猜得我心跳加速，越想越可怕，於是急忙跑向衛生所。

途中遇上一群不到上小學年齡的小朋友，我趕緊蹲跪在他們腳前，請他們幫我檢查，到底背後怎麼一回事了，他們點頭確定是遭水母螫傷，然後對我笑著，一窩蜂地跑向沙灘去。

感謝小朋友幫我確定診斷之後，我好像是病人遇上了好醫師，心裡的恐慌消失了，心跳也漸漸恢復平常的速度，因爲我已知道下一步治療的方法了。

台灣大醫師的疑惑

詳細說明疑似大腸癌進一步診療之後，病患似乎不太了解大腸癌，也不太相信我的診斷，他跟他家人小聲討論後，他們決定不送患者去台灣。雖然他們知道衛生所的醫療能力有限，然而陌生造成的不安似乎大過於疾病的威脅，他們決定留在蘭嶼休息療養。

午後兩點五分，差點忘了兩點鐘在蘭嶼機場的約會，我醫學院同學林醫師預定兩點整搭機降落蘭嶼。迅速跳上野狼機車，開大油門，趕往機場。

我遲到了，看到落地後迅速載客飛離蘭嶼的飛機在天空漸漸消失，內心感到有些歉意，加快車速，到達機場時，一眼見到林醫師站立大門等候；或許蘭嶼的空氣新鮮，他只顧深深吸空氣，當他問我遲到的原因時，口氣溫和有禮。

台灣的醫師可能沒機會騎電動機車。林醫師站著愣了一會兒，他不知如何坐上機車，教他兩腿跨上野狼機車後，然後載他回衛生所。

騎車途中他的屁股坐得很不安分，好像屁眼有糞蟲，他的大頭左右擺動，四處張望，好像深怕錯失迷人的景像，嘴巴不斷大聲讚美蘭嶼的自然美，興奮得口水噴到我後腦勺，噴得我猛加油，儘速抵達衛生所。

我關掉了油門，請林醫師下車，他的情緒好像還在興奮當中，兩腳無法站穩，幫他安放行李後，直接帶他去觀察病房。

觀察病房擠滿了探病親友，他們的關心把病房擠得水泄不通，我牽著林醫師穿過人群。他們以注視陌生人的眼神看我們走到病床邊，我趕快介紹台灣來的大醫師，減除他們面對陌生人的焦慮。他們一聽林醫師是台東馬偕醫院外科主治醫師，臉上瞬間顯露笑容，好像林醫師可以幫忙醫治躺在病床呻吟的病人。

我將患者的病情向林醫師報告，他點點頭仔細聽，然後緊接著探問病患，病床旁的親友一五一十地回答。林醫師好像遇上多話的老友，他高興地提升嗓門問患者：「大便是什麼顏色？」沒有人開口回答。他以爲他們聽不懂，他繼續追問：「大便像豬血糕一般黑嗎？還是看來像殺雞噴出來的鮮血？！」

我立刻皺起嘴角拋暗號，請他停止發問，然而他無法理解我給他的暗示。他問了第三遍，病人與家屬突然低頭不再正視我們，病人期待的眼神霎那間變得模糊不清。

我趕緊開口終止尷尬場面，將林醫師的轉診建議告訴病人與家屬，然後從容地拉住林醫師走出觀察病房，走回醫師宿舍我提議借野狼機車給他，讓他自個兒環島一遊。他好像忘了前一刻發生的事。欣然答應後，於是帶他進去貯油庫取汽油；機車加滿油後。我拿出蘭嶼島地圖，指引他循著東北西南的方向遊島一圈，我又走回衛生所繼續上班。

下班前觀察病人堅持回家療養，我再次提醒他們癌症的可怕下場，勸破了嘴，依然看著家人抬走蒼白無力的病人。又一次無奈地面對無法後送台灣的達悟人，我無精打采地走出衛生所，獨坐在衛生所不及膝的矮牆，面朝巴士海峽發呆。

衛生所前方的上空正拉開夕陽的序幕時，林醫師正巧趕到，於是邀他共賞他從未見過的蘭嶼夕陽。起初天空好像一張白紙，太陽越接近海面，一朵朵雲塊不知來自何方，奔向西天，而陽光照射不等距離的雲層，折射成千萬層色彩；讓我們懷疑西方天空後面好像有魔術師，分分秒秒變出千萬種顏色，不同影像，林醫師絞盡腦汁尋找稱讚夕陽的形容詞，讚美夕陽後。他把環遊一周的感想分享給我，突然以懷疑的口氣問我，蘭嶼的公廁在何處？他們和城市人一樣不願借廁所給陌生人嗎？但他們指著海岸方位不說話。當他走進海岸前，看到一間掛國旗的房子，他相信政府的任何部門一定有廁所，終於借得到派出所簡陋廁所。

林醫師的頭腦像夕陽一樣變得很快，他由廁所聯想糞便，再轉回下午問診時提及糞便而遭拒絕回話，繞了蘭嶼一周，他依然感到非常困惑。

我告訴他，我也不了解，猶如達悟人不能理解台灣人爲何跟糞便住在一起，相同一件事卻產生相異的觀念，或許因爲達悟人本來就不是台灣人，所以各有不同的文明吧！

一場無法開講的衛教討論會

遵照上級規定，三月底前必須完成一場衛教討論會，雖然此時節正是飛魚開始出沒蘭嶼近海。達悟人忙於捕捉飛魚，有賴公衛護士積極拉人上課，人數雖不多，至少可明顯辨認講者與聽眾的分野。護士小姐幫忙掛好宣傳圖表後，我正準備開講，有位背小孩的婦人舉手起立發問：「酒是你們台灣國家釀造的，到處賣人喝不是嗎？甚至用船或飛機運到蘭嶼，很貴地賣給達悟人。我請問你，醫師不是台灣國家政府派來的嗎？教人不喝自己造的酒，你們是不是有矛盾？」

他們聽完她提出的疑問後，大家受刺激似地，開始議論紛紛，接著一位口齒伶俐的少婦站起說道：「你們好像跟三歲小孩上如何避孕的課，以前我們達悟人不喝酒，台灣來的『了了』（外來人）在蘭嶼島出現後，酒也隨後上岸，所以酒的問題應由台灣開始討論。」

好像這場討論會已變更議程，有位生病樣的男人不甘示弱地發言：

「田醫師，你知道我們達悟人溫和有禮，見人就『噶該恭』（註1）、『嘎發古斯恭』（註2）；即使喝了酒，一樣『噶該恭』、『嘎發古斯恭』。只是聲量提升，就如颱風時海浪會升高，達悟人怎麼可能『很兇地喝酒』呢。」

大家突然笑起來，我差點也開口大笑，我趕緊大聲說明解釋：「各位朋友，我們今天討論的主題是如何提倡不酗酒運動，不是唸『兇酒』。」

我提高音調似乎影響大家的情緒，又一位男子幾乎跳起來說道：「很多台灣人利用煙酒跟我們交朋友，最多只請一、兩罐，我們更沒有多餘的錢買酒喝，哪裡有可能一直繼續喝，我也贊同把它拿回台灣討論。」

他們的七嘴八舌倒眞是提醒了我們，的確政府做事非常粗糙，往往故意漠視個別的特異性，猶如隨意亂稱達悟人爲「山地同胞」。主導衛生教育的長官大人們，或許忙得不能思考蘭嶼的衛生醫療需求，所以應用全國統一的衛生教育模式，讓我們基層工作人員推行沒有效用的工作。爲了中止尷尬的場面，我提議撤換討論題目，請他們提出急迫需要討論的問題。

「我們談論國家公園設立的問題，好嗎？」

「我們可以請田醫師說說比酒更可怕的核廢料，它對健康的影響。」

「許多疾病是觀光客從台灣帶進來的，應該給遊客上衛生教育。」

……

他們踴躍地提議，讓我驚訝於他們敏銳的感覺。的確現今傷害達悟人的是「核廢料」、「國家公園」、「外人侵入」、「觀光客」等等惡靈，好像細菌和病毒已不是最可怕了。

我忽然有個新發現，下次衛生教育的討論主題，我們一起研討如何防治比細菌更可怕的諸惡靈。發完參加開會的小禮物後，我馬上宣布結束沒有開始的衛教討論會。

註1：噶該恭：對平輩男子的問候語。
註2：嘎發古斯恭：對平輩女子的問候語。

自由小米蟲

前些天同事針對我的工作方式強烈不滿，數落我的服務態度。其實我非常在意，直到今日我仍無法忘記她傲慢的嘴臉，讓我憶及首次聽到米蟲的往事。

記得當兵退伍離營的下午，我高興地租下一輛計程車，直達山上部落。路途中，善解人意的司機先生和我很有默契地聊起來；車子過了一半里程，他很關心地問我退伍後從事何種職業，我直接回答當公務人員。他突然尖叫一聲，丟下一句「幹！米蟲。」然後就不說話了。我感到很納悶地不敢繼續聊，趕緊閉眼斜靠椅背假裝睡著了，內心想著，公務人員眞的都叫米蟲嗎？！

到了蘭嶼島當公務人員後，發現美麗小島還有自由空氣。我可以很自由地實現服務人民的願望，雖然我的自由破壞了公務人員的倫理，前天才深切感受不循遊戲規則的排擠壓力。但我堅定相信我沒有錯，即使人民還是稱公務人員爲米蟲，至少我不當肚子很大的米蟲。

一封掛號信

四月天的下午，蘭嶼的空氣吸起來使人骨頭酥鬆，我懶懶地背靠著高背診察椅，閉目養神。我獵狗般靈敏的耳神經突然收到一堆信息，在腦中組合再組合，分析結果與傳入瞇眼縫裡的影像一致。一位婦人靜靜地走進來，她拿起病歷本在我鼻前搧風，我假裝很無辜地被驚醒，雙手揉眼看清她的長相，原來是一個我無法忘懷的嘴臉。記得首次她來找我看病時，她的坦率令我目瞪口呆，親切地問我是否會看病？而且故作懷疑地奚落衛生所只會打預防針。我不會忘記她諷刺的嘴臉，然而我以非常平穩的口氣問候她。

她發現我其實很鎮靜，馬上拉開蘭嶼最響亮的嗓子，注意她說話配上愉快的動作，我懷疑她拿自己的病歷嗎？

當我以不很確定的語氣探問病情時，她嘴巴笑笑著不答話，右手從口袋掏出一封限時掛號信，攤開擺平放我桌上，請我確認是不是她女兒寫信看病拿藥。

我腦中已預設她可能搞錯了，爲了證實我的推測無誤，我心虛地仔細偷看她女兒寫的信。她女兒出去台灣唸高中，剛開學一個月。或許台灣城市灰色的空氣太刺激了，即使不怕蘭嶼日曬的皮膚照樣發癢，她找了兩位皮膚專科醫師看診並拿藥治療，皮膚上不見效果。她強調蘭嶼田醫師開的處方有效。

我再把信中描述的症狀詳細看一遍之後，原本要告訴她小孩太天眞了，相信醫學不必迷信醫師的特效藥；然而我記起自己在山下讀書時，非要回山上理髮，那一段不被理解的記憶忽然掠過眼前，我心有同感地點點頭，一面微笑著開處方。將處方簽拿給她時，一再請她叮嚀自己的女兒，最好再請醫師親眼診斷治療，以免誤了治癒時機，糟蹋了美麗的嫩皮膚。

她高興地拿走處方簽，好像不再看淡蘭嶼衛生所的醫療能力，嘴巴稱謝不止。看她變年輕地離開診療室，我內心感覺到一股溫暖，衛生所不再是她眼中的預防注射室了。

遇見美麗的兇手

太陽開始往下降不久，一位台灣籍老師帶小學生來看病且順便告訴我，部落有位老人病躺涼台。下班後，我趁著太陽被大海淹沒之前，趕到野銀部落，當我走在公共走道上，伸頸抬頭找尋聽說的病人。走到一家涼屋前，看見一位我熟識的婦人拿牙籤正在小孩背上仔細搜查，我好奇地走進探問他們，婦人也正好挖到了讓我瞧，牙籤尖頭上有一隻櫻桃紅的小蟲，如不調整視焦專心看，還以爲受嘲弄哩。她指著毛細孔般大的紅蟲（註1），告訴我紅蟲不可思議的故事。

以前有一位台灣人在蘭嶼發高燒，送到衛生所看病，醫師打針吃藥後，體溫稍退，但不久又燒起來，退退又燒燒，藥已服完。於是試試軍醫的藥，一樣拿感冒藥，一樣服用結束，燒不退且嘴唇燒出裂痕。她台灣的家人趕緊把她帶回去，送往她娘家附近小醫院，住院五天，病魔依然不走，醫師把她當怪病轉往台北大醫院，在大醫院頻頻抽血檢驗，她被病魔折騰十多天，損失一隻大腿肉的重量，最後查出兇手是這隻紅蟲。

聽她講完紅蟲的故事，我往後退幾步，低頭看看自己身體，擔心他們身上的紅蟲跳過來。她好像看出我恐懼的臉色，嘴巴小聲地笑出來。我故作勇敢狀地問問他們爲何不怕紅蟲，她笑著告訴我，紅蟲不咬達悟人；即使被瞎眼的紅蟲咬了，也不會發生什麼大病，但是對台灣島的人就沒那麼客氣。

越聽我越害怕，於是把這寶貴經驗牢記腦中，往後遇到發燒病人不可掉以輕心，不濫用退燒藥，避免因小失大。

當我要移動雙腳轉身離開時，我又轉頭回來，差一點忘了去探視發燒病倒的老人。

註1：紅蟲：毛細孔般大的紅色小蟲，恙蟲病的媒介體。

飛機請等一下

距上次回台灣已三個月了，趁著明天赴台北開會的機會，順便回山上的家，探望久病無法行動的祖母。雖然近一週以來，我無時無刻注意是否有好吃的女人魚，準備送給愛吃魚的祖母，今天小冰箱仍然空空。午覺睡醒起來後，我失望地把小冰箱收回倉庫，整理提回台灣的行李。

下午看完五位病患後，我正打算提前去機場等候飛機，衛生所大門前出現非常難聽的急速煞車聲，險些嚇掉我手上的行李，兩位蘭嶼島外的人，慌張地扭曲了臉形，見人就叫醫師快來，我停下來觀察被載來的男人，他的右手緊握左手腕，好像左手提重物，上身彎向左側，臉色倉白，額間冒出幾滴汗珠，嘴巴不停地喊哎喲。

我放下行李，帶他們走進手術房，我讓低聲呻吟的傷患躺在手術台上，他們好像正在換氣不能說話，當走來扮助手的護士和我一起檢視傷情時，病患的同伴才開始講述受傷的過程。

躺著呻吟的是位船長，他們由台灣東港來蘭嶼附近捕魚。船長運氣佳，連續大魚上鉤，當他再次辛苦地拉起釣線時，他興奮地展現一條腿長的旗魚，當他急著摸一下值得驕傲的成果時，大魚仍然有力地掙扎，他的左手食指不小心被另一個大魚鉤勾住了。他緊急抓住魚線，迅速截斷，擺脫大魚最後的掙扎，然後企圖拔出魚鉤。雖然用盡各種方法，魚鉤好像已勾住骨頭，無法移動，船長痛得直發冷汗，他們立刻起航直向航程最短的台東海岸，然而航行中船長叫乾了嘴；他們擔心在途中發生休克的意外，於是漁船轉向蘭嶼島，迅速靠岸，直奔衛生所碰碰運氣，或許可以遇上醫護人員。

蘭嶼機場的站長撥電話來了，通知我快進候機室，但我知道飛機剛由台灣起飛，於是放心地爲病患照X光，發現魚鉤已刺進骨膜，怪不得痛得唉不停。平常遇上魚鉤意外的傷患，很熟練地截斷連接魚線的魚鉤接頭，然後很小心地順著尖頭的方向把魚鉤往前推進，穿出皮膚後，就很容易拉出魚鉤。評估船長的傷情後，必須立刻幫他動小手術取出魚鉤。

電話又響了，站長以急救傷患的語氣催趕我，飛機已降落蘭嶼機場。

這班是新開直飛台北的飛機，如果錯過了，就錯失爲蘭嶼醫療提出建議的好機會，我的心臟越跳越急，流出一身汗水，心裡默默祈禱，請飛機等我一下。

當魚鉤挖出來之後船長立刻停止唉叫，全身鬆軟下來除了頸部肌肉，他不斷地點點頭稱謝。如果不儘早得到醫治，他笑著說或許痛死海上，然後立刻請他的船員回船上，抓魚送我。

飛機站長好像變了一個陌生人，電話中的口氣很直接，非常緊急地失去禮貌，旅客已坐上飛機了。

開完處方後，趕緊進倉庫再拿出手提小冰箱，提著簡單行李搭救護車趕往機場。

飛機的螺旋槳早已發出刺耳的轉動聲，船長的同伴也趕到。站長看到我走下救護車，馬上破口大罵，不停地變換各種說法，責怪我耽誤其他乘客的時間，讓我找不到說抱歉的空檔。我只好轉身接住船長的禮物，快速將兩條不認識的大魚擠進小冰箱，點頭感謝船長的同伴後，我假裝很鎮定地直接進入停機坪，登上飛機。

當飛機的機身與海水平行後，轉頭望蘭嶼機場，雖然已看不到生氣的站長，心中一陣感動，感謝站長讓飛機等我一下。

他想去蘭嶼了

「田醫師，你會不會搞錯了，剛才你的報告裡說到一個病人因退化性關節炎而死？」年輕的衛生署葉長官把我叫到辦公室，他很懷疑地問道。

「謝謝長官，您聽到了千眞萬確的事，當時我眞的寫不下這樣的死亡診斷書。」我很興奮於高層長官的耳朵聽到我的蘭嶼醫療報告，而且有回應，使我的回答口音抖得很厲害。

「蘭嶼醫療品質有問題哦！怎麼讓退化性關節炎成爲死亡原因，有沒有其它致死因素？」

「對，直接的病死因是……」我講到一半他就拍拍我右肩搶先說道：「要好好訓練，多多翻書，待離島容易與新知識脫節。」

此刻可與高級長官直接對話是我千載難逢的機遇，我不要浪費時間去詳細解釋死因，腦裡迅速整理蘭嶼急迫需要解決的醫療問題。面對著毫無官僚架勢的葉技正，我可以很輕鬆地提出報告，我慢慢說道：「蘭嶼島人民大約三千人，請問長官，我們可以率先試辦實施全民健保嗎？或是政府特予蘭嶼免費醫療服務？」

他看來很專注地思考一下，反應敏銳地追問道：「如果政府全額補助蘭嶼人在衛生所看診的醫療費用，一年需要多少金額？」

「三百多萬元，可能不超過五百萬元。」我裝出仔細估價的動作，加大聲量地回答他，眼前的長官突然斜頸並皺眉，好像從未承辦少許經費的計劃案，他語氣肯定地對我說：「把計畫提上來，再說吧！」

我一進來原以爲上級長官都是一副傲慢嘴臉，憑權威來劃清上下階層，沒想到我遇上可接納下屬意見的大官，我心裡崇拜又高興地站不穩。點頭稱謝後，轉身離開他的辦公室時，他又開口說道：「田醫師，我會找機會去蘭嶼一趟，還是搞不懂關節炎怎麼會致人於死？」

我心中暗喜，他想去蘭嶼了，像他這樣的長官蒞臨蘭嶼一次，勝過善於考察做秀的長官光顧百次，我期待他眞的會去蘭嶼。

不該買他的甘蔗

上午十點，候診室裡空無一人，我心裡偷偷高興今天病人較少，或許全島人民都健康，我提早離開門診回宿舍。

宿舍門前我遇上一位老人，他拿著和他手臂一般粗糙的甘蔗，看他的嘴臉扭動，他似乎告訴我觀光遊客看不上他的甘蔗。他的眼珠往上看，太陽快爬上他的頭頂，他可能急著把甘蔗賣出去。

我向他招手，眉眼頑皮地皺成一團，顯露我對他的甘蔗有興趣。他彈出三隻手指頭，搖晃幾下，我點點頭掏出三十元給他。

他拿到錢之後臉上立刻露出笑容，點一個頭轉身走進我宿舍隔壁的雜貨店。他著急的樣子讓我感到疑惑，我站著不動，等他走出來，到底他急需要什麼？

細嚼一口甘蔗的時刻，他手抓貼上紅紙的瓶子，口吊一根香煙，蹦蹦跳跳地走出來，看到我正注視他手中米酒瓶，他拋一個老媚眼，轉身快步走回去。

我知道了，我氣得手抓緊椰子殼般硬的甘蔗，有些後悔，眞不該買他的甘蔗。我不想繼續看他得意的背影，趕緊開門進宿舍，把甘蔗掛在牆壁上，改天再送還給他。

我趴在彈簧床上，閉目靜靜思考，我受命來蘭嶼推廣衛生教育，進行醫療服務以維護蘭嶼人民生命健康；但政府又允許有害生命健康的物資輸入蘭嶼島，大量運送台灣國製劣等煙酒，讓米酒香煙征服蘭嶼島上達悟人，我頓然不解我存在蘭嶼的意義。

一個病五十元

兩個月以前，我與高采烈地將衛生署葉技正的承諾帶回蘭嶼，向剛領得十大傑出青年獎章的主任提出報告，祈望共同擬定減輕蘭嶼人醫療負擔的計劃。無奈主任的心已調回台灣，於是我直接尋求衛生局長官的協助；然而我層級太低，無法取得長官認同，使得葉技正的美意胎死腹中。

今天主任終於調回台灣了，我暫行代理主任職位，五十元一條命的影像又浮現我腦海裡。於是我再次提出減輕蘭嶼人醫療費用方案，卻很意外地獲得長官認可，我立刻撥電話越級請示葉技正，他在電話裡笑著對我說，政府未落實全民健保前，這也是一個便民的好辦法。

下班前我立刻貼示公告新的收費辦法，看一個病一律五十元，外科手術一百元，接生一個嬰兒三百元，僅限於沒有公勞保的蘭嶼人。

千里眼的故鄉

我正爲病患看診時，一位護士笑著跑來告訴我，衛生所大門前出現有趣的怪人，指名要見我。給了病人處方後，我好奇地走出去看逗護士大笑的人。

走出衛生所大門，一道眩目的反射光照到我雙眼，我馬上低頭避開折射光線，看到一粒大光頭，他穿著像睡衣的長袍，身體粗壯，兩腳穿高底木屐大聲踏地走過來。

他們一行五人，一位是我認識的學長，他一一介紹所帶來的國外人，奇裝異服的是日本富士電視台主持人，較年長的是日本眼科醫生，扛攝影器具的兩位日本年輕人是攝影助理，他們要採訪報導台灣的千里眼。

我腦裡一團霧水，台灣的千里眼躲在蘭嶼嗎？

十九年前，當時台灣政府的眼睛還一直看中國大陸，眼前日本的眼科醫生曾來蘭嶼調查研究，發現許多千里眼住在蘭嶼島上，他發表論文報告，台灣醫師很不相信地前來複檢，他們懷疑聰明的達悟人已把檢查表記牢了。十九年後的今天他又來了，換上不一樣的視力檢查表，把登記有案的千里眼再檢查一次，日本電視台可以作證，世界上視力最好的人眞的住在蘭嶼島上。

到底什麼因素造就蘭嶼人極佳視力，是他們特有美麗的黑睫毛嗎？雖然沒有科學報告爲依據，有些蘭嶼人相信生吃魚眼睛有大大益處。

繞了蘭嶼島一圈，一位曾熟識日本眼科醫師的達悟老人邀我們上涼台作客，他以生澀的日語與日本眼科醫師快樂地交談著。我聽不懂日語，只好靜靜地看著大海。

定神注視無邊無際的大海，眼珠似乎不必用力，我的屁股雖已坐得發麻，但眼睛還是很輕鬆，我想到達悟人的住處正面向大海，從張開眼到閉上眼，一切生存活動與未來希望都在眼前。我心裡猜想著，看海的日子或許養成了千里眼。

枯等了一天

早上的天空很乾淨，沒有任何一塊雲朵。九點鐘過了，仍未聽到首班飛機降落蘭嶼機場，我們感到焦急與不甘心。昨天我們努力將屋裡屋外清掃乾淨，連夜把蘭嶼醫療問題與建議寫成報告書，爲等候衛生署長官蒞臨蘭嶼視察，期待長官可親臨感受離島人民和公務員的難處，我一面看門診一面仔細聽蘭嶼機場的動靜。

近午時，航空站的朋友打電話告訴我們，台東機場開放了。我們急速到達機場，欣然看見首班飛機安全降落蘭嶼機場後，好像飛機逮到好時機，一班接一班地降落地，放下許多遊客。有人高興平安飛抵蘭嶼；有人臉色蒼白，可能遇上了空氣亂流，然而不見可影響蘭嶼醫療的長官們。

下午三時四十四分，蘭嶼上空變的很混濁，二十人座大飛機一離開蘭嶼機場，機場就宣布關閉了。有的同事偷偷高興，可避免一陣騷動，我卻感到非常惋惜，曾拍胸脯說要來蘭嶼的高級長官好不容易過台東了，卻被不算太差的天候嚇得取消機位。我內心祈禱著，希望他們改明天的飛機，讓他們親自體會離島交通的恐懼；乞求惡靈安排他們在蘭嶼島生病，活生生地感受蘭嶼人民遭病痛困擾的壓力。

回到衛生所之後，衛生局長官通知我們，衛生署長官已取消視察蘭嶼衛生所的行程了。

枯等了一天，斷定他們不來蘭嶼後，原本想借助於有良知的長官，以排除蘭嶼衛生所醫療的困境，現在心裡沉重的壓力更加重了。

他有達悟的姓名了

感恩母親於二十八年前辛苦地把我生下來的一天，有一位男嬰在衛生所簡易產房順利誕生。當我檢視產婦及嬰兒結束後，我告訴仍處於興奮狀態的產婦，可以給嬰兒取西洋聖經的名字，譬如雅各、約翰等等男人的聖名，藉聖名祝福小孩。

初為人母的產婦愉快但有氣無力地告訴我，嬰孩會有達悟眞正的名字。關於身分證的名字，報戶口時再找幾個國字拼成漢名，反正漢名不能祝福達悟人的小孩。

突然間我感覺血液衝向我臉上來，匆促地恭賀產婦與她的親人後，趕緊換下手術衣，準備繼續看門診。

我走出產房時，深深地吸口氣，然後吐出在接生過程中堆積的緊張悶氣，口裡默默祝福已有眞名的達悟小勇士。

蘭嶼人的生命有保障了

平日進出衛生所的臉型大多是愁眉苦臉；今天有些反常，好像衛生所辦喜事，女同事們穿紅裙白上衣，濃郁的胭脂唇膏使她們的笑容更親切。陸續迎接衛生處處長、台東縣長、衛生單位的長官以及蘭嶼各界人士，他們一一進入會場後，開幕典禮立即進行。

長久以來，蘭嶼衛生所以公共衛生保健爲主要工作，無能提供島民生命健康的醫療服務。最近幾年，台灣媒體不斷報導蘭嶼島，鮮明反映島上人民迫切的醫療需求，促使衛生行政長官們開始注意蘭嶼島，然後努力排除各項法令上的限制，終於破天荒地創辦蘭嶼群體醫療中心。

當銀色招牌於掌聲中釘在大門旁牆壁，前年才卸下蘭嶼衛生所主任職務的巴醫師，隨招牌進來，他將以去年奪得十大傑出青年的智慧與愛心，再次回來領導衛生所，讓蘭嶼群醫中心發揮最大的服務功能。

蘭嶼群體醫療中心成立，員工的福利將很合理，我們更有理由全力服務島民，醫療設施也必然改進。從今以後，蘭嶼島民將享受更進步的醫療保健服務，人民的生命可多一些保障。

一隻奇特的小鳥

夕陽餘光完全消散後，晚餐飯菜已擺上自己釘製的書桌兼餐桌。洗淨雙手後，開亮發出昏黃色光線的桌燈，盤腿坐在桌前地板上，一面聽著自己錄製的達悟詩歌；一面慢慢享用一盤蛋炒蘭嶼海菜、兩粒紅心地瓜、一碗籐心排骨湯。

距離我宿舍不到百步的別館廣場傳來一陣又一陣高分貝歡笑聲，有時鼓掌；有時變尖銳的叫聲，觀光客好像要喊掉堆積多年的台灣悶氣。吃完桌上食物後，儘速洗滌餐具，我挺著撐飽的肚子，漫步走向今夜蘭嶼島最熱鬧的廣場。

可陳列二十張情人床的廣場擠滿了遊客，別館牆上探照燈直射人群中央，照明正上場表演的達悟舞者。她們賣力舞動肢體，跳出動人舞姿，也許想賺得觀光遊客些微賞金。

一支舞曲結束，燈光慢慢暗下來，我的眼睛漸漸適應過來，看見觀眾邊緣有一群人不欣賞表演，我向前仔細看清楚，都是部落老人與小孩，他們蹲坐地上，前面擺放香蕉、椰子、各種貝殼及手工藝品，羞答答地等待觀光遊客來購買。一位小男生從角落暗處走過來，他是經常拔野果摘野菜或釣海魚撿貝殼向我兜售的國小五年級學生。他手掀起一個布包，開口問我要買嗎？

淡色布巾裡包什麼好東西呢？我走過去打開布包，差一點被兩顆大眼睛嚇昏。牠看我一眼之後出現一陣掙扎，小男生立即揪扭布包不放；我敏捷的眼睛已看到穿深褐色羽毛的鳥，約一瓶五百毫升點滴般大，嚇人的大眼睛引誘我想再看一眼。我再次掀開布包，仔細看牠的眼睛，在人群中我從未見過那麼令人舒服的眼神，我趕緊從小男生手上搶奪下來，兩手抱住布包。

小男生很客氣地告訴我，小鳥企圖脫逃，不小心斷了腳，所以就減半價只賣五百元。他特別強調已有遊客看上這隻鳥了，只缺鳥籠，否則早被買走了。

我欣然進行這項交易，但我很雞婆地提醒他，千萬不要再賣美麗又可憐的小鳥。他卻得意地告訴我，賣出五十串香焦是何等困難，小鳥不被他射下來，照樣還有人去捕捉牠。

聽起來好像很有道理，我不知接下來如何辯駁，只好叮嚀他往後看到有人賣鳥就找我。

給了五百元後，我打開布巾，仔細看小鳥，極像護送布農胎兒的貓頭鷹（註1），我想或許是貓頭鷹的堂兄弟姐妹。本想如尊敬貓頭鷹般當場放生，看牠懸吊半空中的骨折斷肢，喚起我行醫者的良知，先帶回去療傷，治癒之後再放牠回牠的家園。

晚上睡覺前，我用空藥箱鋪上我的舊衣服，蓋成臨時鳥窩，讓牠早些休息；我閉上眼以前，牠不曾叫過一聲，我擔心牠是否可以活到明天。

註1：布農族人深信布農貓頭鷹是護送布農胎兒的鳥，非常尊敬疼惜牠。

鳥醫師

紙箱內的小鳥終於出聲了，是否因天亮而叫呢？卻又不像早晨公雞叫得使人精神抖擻，聽起來好悲酸；會不會是肚子餓扁了？但我餵牠什麼食物呢？我忽然想起獵人曾經教過我，看嘴型就知道牠吃什麼。注意牠一雙鸚哥魚般大的眼睛，嘴酷似貓頭鷹，粗短但非常銳利，我猜牠像布農族一樣偏愛肉食，拿出冰箱裡的生豬肉，送到牠嘴前。牠好像不吃生疏的台灣豬肉，瞪瞪眼看著，眼不眨一下。牠向前移動頸子，好像嗅到豬肉含有許多藥劑，短嘴碰肉又迅速縮回。牠是不是害臊呢？我躲到房門後，牠依舊低頭看著肉不張口。

病痛通常使人食慾不振，我想牠因骨折疼痛而無力開口吧？！我跑去衛生所取藥材，順便撥電話給台灣喜愛賞鳥的朋友，求教他們如何處治病鳥的方法。

電話中朋友們激動地告訴我，紙箱裡是蘭嶼獨特又美麗的鳥類，牠的名字叫「蘭嶼角鴞」。文獻記載牠們曾經很自然地生活於原來的蘭嶼，台灣政府建設開發蘭嶼之後，原始森林逐漸縮小，可生存環境遭破壞；饞嘴的外來人照吃恐怖的大眼角鴞，逼得牠們躲進僅剩無法開墾的懸崖山溝，現今已面臨絕種的命運。台灣鳥朋友建議帶去台灣治療，我卻懷疑牠是否適應台灣？最後決定我充當鳥醫師，救治之後再放回森林。

踏著椰樹影子回宿舍途中，回想小獵人就在部落的椰子樹抓到牠，難道牠們的避難棲息處出現敵人嗎？抑或是雜樹林不易生存。想到弱肉強食的命運，嘆一口氣後，停止思索。

開門進宿舍，紙箱裡沒動靜，發現牠依然站在豬肉前不動，我兩手捉住牠，傷處抹上藥膏，再以修剪過的壓舌板固定斷離的骨頭。包紮完之後，牠仍然閉著嘴，但終於躺下來了。

早上看門診時腦筋偶發短路，想著美麗角鴞會不會餓死呢？睡得安穩嗎？門診工作結束後，我跑步衝回宿舍去。

打開紙箱發現牠閉眼側躺，不被強烈光線驚動，右手食指搖動牠尾巴，牠才無力地睜開眼，我突然發覺牠身上的美麗消失了，看著牠縮起傷腿，耳聽漸漸減弱的呼吸聲，擔心接下來是心跳不見了。

本以爲可以扮演鳥醫師，然而醫鳥就如醫人一樣，專注生理治療未必使病痊癒，我無法理解牠到底心想什麼？我不願背負殘害蘭嶼角鴞的罪名，最後決定交由大自然治療牠。

下午天氣轉涼，我騎車載牠尋找島上殘存的原始森林，找到一處溪谷，我拿出相機，拍照留下牠迷人影像，爲牠祈禱後，我兩手托住高舉牠，讓牠自己選擇牠要的地方。牠轉頭看我，兩眼不安地旋轉，然後突然單腳踢我手掌，強力振動翅膀，以不平穩的飛姿消失樹林裡。

飛魚怕怕

冬季最末一個圓月跳離海平面後，柔和的月光直射海底，恰好有一束光線溜進珊瑚礁岩洞裡，垂直射入魚神憤怒的眼珠，使得魚神的眼睛更充滿威嚴，牠正張大嘴責罵遲到的藍翅飛魚，大口噴出的海水差點沖掉藍翅飛魚遮眼的海藻，藍翅飛魚認錯之後，魚神請牠迅速入席。

今晚魚神邀請各群飛魚頭目，舉行每年洄游蘭嶼人之島的行前會議，藍翅飛魚找定了位置後，魚神親切地向頭目們點點頭，接著開口稱讚最早入席的斑點翅飛魚，牠雖然身體短小且動作緩慢，但是每次聚會牠不曾有過遲到紀錄，感謝同時到達的白翅飛魚及紅翅飛魚，最後安慰好像患眼疾的藍翅飛魚。

司儀看到魚神眼睛的暗號後，大聲宣布會議開始，各群頭目立刻擺出驅鬼的動作，張嘴發出恐怖的叫聲，最後同聲祝福會議順利。

接著魚神嚴肅地說道：「水溫漸漸升高，海底氣候逐漸暖和，我與蘭嶼島祖先約定的時辰將近，我們將依約定的洄游路線進行，請問頭目們是否有異議？」

白翅飛魚搖著尾鰭搶先說道：「不是我吹牛，我們這一群飛魚的速度遠超過海面上的飛鳥，即使像藍翅飛魚一樣用海藻蓋住雙眼，就是不會脫軌或迷路，因爲達悟人招飛魚的雞血已指引正確方向，但是近幾年以來，開始有人不遵循傳統招魚祭，害得我們因速度太快而失去蘭嶼的方位。」

白翅飛魚停頓一會兒，斑點翅飛魚從中打岔說道：「那是眞的，而且漸漸遺忘了該緊守的禁忌，甚至捕飛魚前夕還捨不得與女人分床，我們不願接近不守禁忌的人！」

藍翅飛魚與紅翅飛魚互瞪一眼，同時用力點頭，附和贊同牠們的意見，藍翅飛魚用力過猛不慎震落遮左眼的海藻，露出模糊不清的眼珠，使得在場的飛魚同聲驚叫一聲。

膽小的斑點翅飛魚以顫抖的語氣搶著問道：「你的眼珠怎麼變色了呢？好可怕哦！」

藍翅飛魚難過地猛吞海水，哽住了喉嚨，一陣停止吸水後，牠慢慢地說道：「我帶領藍翅飛魚洄游蘭嶼和小蘭嶼間的海域，十年之間，我們陸續發現許多怪現象，有一天龍門礁岸突然出現人造港口，不要誤會，達悟船是不需停靠人造港灣，倒是有一種船不定期靠港，並卸下許多有重量的桶子，再由大貨車運載到龍門平地上怪異的建築物。上一年，我撞見達悟人舉白布條遊行抗議，他們非常憤怒，用力反對台灣野蠻國家亂丟最毒的垃圾，我們藍翅飛魚出現各種突變畸形，還有我不幸的眼睛就是被那些垃圾傷害了。」一說完話就放聲大哭，然後邊哭邊說道：「我們藍翅飛魚可以不再去蘭嶼嗎？」

斑點翅飛魚搶先安慰說道：「藍翅飛魚的慘痛遭遇我最了解，因爲我們飛得最慢，觀遊海中美景的機會最多。有一天，游經東清海灣時，看到一個大石洞，洞裡一群藍翅但不像飛魚的怪魚，如果不是怪魚喊叫幾聲，我們可能不相信怪魚就是藍翅飛魚，全身變得畸形怪狀，牠們傷心地哭訴著，如今已喪失勇氣游回南方來了。」

魚神聽了藍翅飛魚的不幸遭遇，難過得擺動腹鰭，但魚神不願打斷會議的進行，繼續讓頭目們提出意見。

紅翅飛魚突然張開胸鰭，邊打水邊說道：「我們最喜愛小蘭嶼，那裡有吃不完的食物。游過小蘭嶼之後，我們多長了一些肉，讓達悟人吃得很滿足。但是呢，近幾年以來小蘭嶼不再那麼可愛，有幾次我們正在小蘭嶼淺海裡遊玩，天空突然出現尖銳的飛機聲，像海浪一波一波地接近小蘭嶼，然後丟下炸彈騷擾我們，數以萬計的紅翅飛魚被炸得碎屍萬段，連鯊魚都不忍吃下我們，眞是枉費了魚神厚愛達悟人。」

藍翅飛魚上下划動胸鰭，升高魚頭補充說道：「我們在龍門海域時看得一清二楚，台灣空軍的飛機是演練襲擊海島，炸到小蘭嶼後的飛機一定拉高機鼻，好像是對蘭嶼人展現台灣威力。至於投不準的炸彈不是針對我們飛魚，其它生命也受遭殃了，我看唯有白翅飛魚躲得過炸彈。」

白翅飛魚很得意地打開大嗓門說道：「每當達悟人進行招魚祭儀，我們最先抵達呼喚飛魚的蘭嶼近海，有次我們發現海上早已出現船隻，我們奮力展翅飛上高空，爲了確認船上的人，發現他們的胳臂皮膚黃得發亮，正用力丟下細如魚骨頭的魚網，圍捕正休息等候達悟船的飛魚們，一網打盡，也不放過探查洄游路線的幼年小飛魚，他們捕一船飛魚後，回海岸賤價拍賣，小飛魚被丟棄滾燙沙石上，慘不忍睹，我們眞不願餵飽不尊敬飛魚的人，不再當前鋒可以嗎？」

「我們也曾經被機動船追捕，他們明顯已違反了誓約。」紅翅飛魚補充說道。

「現今達悟人似乎不太需要飛魚了，可能生活型態已受外來族群影響，又肥又大的白翅飛魚們命運還算不錯，我們斑點翅飛魚失去魅力似地，隨意被丟棄海岸礁石上，倒不如請魚神再尋找可愛的人之島。」斑點翅飛魚傷心地說道。

藍翅飛魚吐一大口泡沫而後說道：「蘭嶼人之島的確變了，我們飛魚祖先稱讚的蘭嶼不見了。當夕陽在西方的海平線消失，每個部落出現站在路旁的怪火，有些怪火尙可在環島公路跑來跑去，我們經常誤認是招引飛魚的火把，拚命撲向怪火，撞得頭破血流。」

「我們在漁人灣看到數不清的天上怪物，載來一堆講話很大聲但不會問候島主人的怪物，蘭嶼變得不安寧了。」白翅飛魚憤慨激昂地插嘴說道。

藍翅飛魚也激動地說道：「我一直有不祥的預感，其實還有更可怕的惡魔，正慢慢地吞噬蘭嶼，有一天蘭嶼不再是達悟人之島。」

魚神突然划動胸鰭，止住大家熱烈的討論，然後詢問頭目們是否按舊例進行，四位頭目七隻眼睛同時下垂但不說話。

魚神接著再問道：「今年誰先去蘭嶼？」

飛魚頭目們異口同聲說道：「不去可以嗎？」

魚神不感覺意外地說道：「就這麼決定，各群飛魚們各派幾隻當先鋒，照約定的規則，並探查實情，下一個冬天再決定是否修改洄游路線。」

飛魚頭目們失望地互瞪幾眼，終於很不情願地點點頭。魚神看到頭目們一點頭，立刻宣布散會，並決定把開會內容託夢給蘭嶼島上睡醒後頭腦最清楚的男人。

解開心中謎

觀賞日出海景結束後，我在環島公路上慢跑，跑到劃開蘭嶼農場與紅頭墳場的水泥路，隨即放輕腳步，就像經過這段路的人一般地安靜快速通過。我突然聽到拆下消音器的摩托車聲，很粗暴地衝過來，我兩腳敏捷地跑進路旁草地，讓出路面最寬的極限，方便機車騎士神速通過。然而機車慢慢減速，在我身後停住。

騎士是一位蘭嶼鄉民代表，他痛苦地忘了打招呼，直率地訴說難以忍受的腹瀉，他已試用各種方法止瀉，還是放了三天水便，然而病痛神情不見眼眶絲毫淚水。看他坐著也不安的氣色，直覺得他流失了不算少的體液，我請他先去衛生所觀察病房休息，上班後優先爲他診治。

蘭嶼第一班公車似乎太早到來，衛生所掛號小姐尚未開門上班，搭公車的求診病人們已坐在衛生所前矮牆等候，當我走過他們面前時，作出台灣式的吃早飯動作，然後跑回宿舍。

快又加快地沖洗汗水後，煎兩粒六分熟荷包蛋，拿出冰箱裡昨晚的剩飯，配上醬油炒成醬油燒飯。當我耳聽海浪聲享用早餐時，門外出現兩個焦急的人影，撞門進來請我儘速去急救瀕死的病人。突如其來的呼救喊聲嚇得我關住咽喉，而正要嚥下的荷包蛋黃液倒流口角外。

我一面擦嘴巴一面站起來喃喃自語。自認倒楣後，跟上他們腳步跑進國宅式部落。跑到求救病患家附近，就感覺出不一樣的氣氛，一位隔家婦人像海鰻迅捷抱走前院玩耍的小孩，我一進患者家前院，一位婦人迅速走避，我跟著年輕人進屋，走到擺床鋪的房間。

我坐上床緣，雙手無意觸摸到一捆粗麻繩和乾淨毯子，眼看病人面無血色地仰躺床上，我內心已有了打算；但還是要有確定診斷的動作，檢查呼吸、心跳、脈博、及瞳孔，爾後搖搖頭宣布死亡。

確認生命停止後，好像有股恐怖氣流忽然湧進屋內，使得年輕人與他叔叔的臉色同步轉變，也同時拿起毯子及麻繩，他們即將把死者捆住包裹起來，準備立刻送葬。

死亡的不安已籠罩整間屋子，他們幾乎忘了我還站在屋裡，我悄悄地獨自走出屋外，看到死者親屬趕緊用竹竿把死者之屋圈住，還聽見隔家責備他們爲何不早做準備，我已被竹竿限制必須繞部落外走回去。當我走在路上好像變了陌生人，平日喊「國該夷」的熟人見到我就轉頭。我只好低頭走回去，邊走邊想，死者從未來衛生所看病，如何判定死因呢？又要一次的死因大猜題了。

太陽高掛藍色天空，曬得我頭昏腦脹，走到衛生所，嚴重腹瀉的病人不在觀察病房，候診室沒有一個人影。專執掛號的達悟同事跑來告訴我，一群搭公車的患者已搭原車回去，近日內衛生所門診可以關閉，沒人敢給田醫師看病了。我心中暗爽，正巧明天要回台灣辦理調職的公事，可名正言順地停擺門診不看病，我趁機回宿舍準備調職所需的文件與行李。

走到宿舍大門，遠遠看到三個黑影子急速走過來，他們一身驅惡靈裝扮，看到剛才求救的年輕人背他父親的屍體往紅頭墳場，我不知那來的勇氣，跑到年青人面前，請求他答應讓我跟去送葬。他沒有點頭，也沒表示反對，我踏著同樣的腳步跟上他們。

蘭嶼行醫三年來，達悟葬禮是我心中的謎，雖然查過文獻資料，達悟朋友又不願多談死亡喪葬的細節，我一直盼望能親身體驗，現在機會到來，既然他們不拒絕我跟隨，我持著嚴肅的心情，小心避免冒犯達悟葬儀禮節。走到蘭嶼指揮部前，急轉進一尊偉人銅像旁，鑽進沒有腳印的林投樹林，七歪八斜的樹幹阻擾我們順利前進。

腳踩沒有墓碑也沒任何記號的墳墓，毛髮倏直，全身骨頭發軟，右腳突然被樹枝勾住，上身趴在沙地，我趕緊爬起來，心裡害怕犯了達悟人的禁忌，還好他們已忽略了我的存在。兩位死者家屬一面緩緩推進，尋找適合埋葬的位置，一面專心試探挖沙土，唯恐挖掘他人屍首而犯大忌。一位老人閉口突然對著我擺手勢，要我馬上移開雙腳，因爲我正踏在別人墳土上。

終於找到了一處方丈大的空地，他們迅疾挖出半條腿深的坑洞，不伴哭聲地埋下屍體，看完他們很莊嚴地埋下麻繩後，我不聲不響地走回衛生所。

田醫師進入墳場參加送葬的消息已傳遍全島似，一整天不再有病人登門求診。

洗掉惡靈

搭上如達悟八人船般大的小飛機，八人座機位只有三位旅客，我搶到駕駛員後的座位，想要清楚觀看飛行員駕駛技術，也可就近叫醒偶而打盹的駕駛員。今早天空十分地藍，一人駕駛的小飛機毫不費力升上天空，機身成一字形之後，飛機貼近如玻璃般滑亮的海面飛向台灣。兩個螺旋槳很規律地轉動著，發出單調無味的聲響，飛機好像在沒有雜質的空氣飛行，非常平穩而有點無聊。

我閉上眼休息一下，腦裡出現昨天進入紅頭墳場的影像，有關葬儀的記憶由腦中又浮現出來。最初的印象是從布農長老口中傳來，如家族裡值得尊敬且好死的人就埋在家裡；病死或不明不白死掉的人不過黃昏就埋在離家越遠的土裡；意外及戰死就地埋葬。到平地讀書後，看到漢族的葬禮又非常不一樣，陰森森也有熱鬧，出現斷腸的儀式但還有添滿胃腸的宴席，繁雜的葬禮儀式裡主角已被模糊了，死亡好像變得沒什麼。達悟的經驗及智慧裡，惡靈害人生病，害人遭遇苦難，甚至死亡。惡靈在人之間可互相傳送，墳場的任何一物也可傳惡靈。仔細由蘭嶼濕熱的環境考量，正是諸多病菌滋生的溫床，或許蘭嶼島常發生傳染流行疾病的慘痛事件，因而流傳著遠離疾病死亡的智慧。

正想著昨天在墳場被小樹枝絆倒兩手摸墳土的景像，飛機已降落台東機場。下飛機後，我直接租一輛計程車，我決定了先泡溫泉，洗掉可能躲在我身上的惡靈。

新舊惡靈的決戰

現場一

一位婦人光著腳走來門診室輕聲告訴我，她父親病重了，希望醫師親自出診看她父親，頓時我愣住了，不曉得怎麼回答她，自從來蘭嶼上班以後，衛生所大門一直敞開著，二十四小時全天候診，蘭嶼行醫第二年，又甘冒違法自訂稍微適合蘭嶼人民的收費辦法，減消患者面臨疾病的經濟恐慌，很單純地期待島民會主動求助衛生所的醫療服務，無論遭遇任何大小疾病時。現在又面對小病不醫而成重病的個案，我沉痛地無聲吶喊，但嘴巴開口答應她。

下午，走進病患的主屋前院，快速瀏覽屋板和房柱上雕畫，每一根木板都活著似的，看得我心神愉快起來，脫掉拖鞋後，提起右大腿跨上前廊，兩眼不忘再多看壁上雕畫，一進屋內，第一眼看到壁上掛的山羊角和連結羊角的白色頭顱，我突然有不祥的感覺，馬上垂眼向下看，發現病患側躺漆暗的前室一角，缺氧般張口呼吸，有三位家屬在旁守候，一位牧師也受邀爲病人祈禱，我屈身蹲著走到病人前，仔細問診檢查。

月亮如微笑嘴唇的一個夜晚，他開始咳嗽，以爲過幾天就不咳，月圓前兩天，全身發冷又發熱，他關上門板在家休養，今天家人發現他無力咳嗽了。我不用診器就聽見嘈雜的肺囉音，我肯定診斷爲急性肺炎，趕請家屬帶病人來衛生所住院觀察治療，或直送台灣大醫院。

蹲坐患者身旁的家屬好像意見不合，有人擔心病人體弱走不到衛生所；牧師說患者的罪很深，可能死在路上；有人反對讓病人死在別人的部落；病人已失去神智似沒表示什麼意見。

此時此刻我好像失去能力般去決定別人的選擇，不再像過去一樣搶拉病人到衛生所治療，走出屋子之前，我告訴他們，衛生所醫護人員會等待他們主動上門求診。

現場二

就如每天清晨一般，我在衛生所前車道走來又走去，當轉回頭時，道路遠端出現車隊黑影，不久傳出引擎爆破聲響，我伸直頸椎眺望遠處，看到一輛報廢進口車，隨後四、五台機車，發出不難聽的合音，越近越大聲，我看到一群身穿盔衣，戴藤帽的達悟男子，整隊車陣直接停靠到衛生所大門，他們由車內合力抬出一個大人，往觀察病房走，我收回散步的心情趕緊跑過去。

病人躺在離房門最遠一張病床，我一進門就聽見含有濃痰的呼吸聲，直走到窗口喊請護士起床協助，正喊叫第二聲時，護士宿舍出現腳步移動聲，於是轉身傾聽家屬說病情，他們昨晚討論了一陣子，有位親友見證衛生所有能力醫治病人，他們決定今早送來試試看。

我幫病人照完胸腔X光後，在漆暗的洗片室手洗底片，我心裡想著，一定要掌握病人的病情，我絕對要治癒救活他，就如三年來救治病患者是現代醫療的活證據，他可成爲衛生教育最佳的活範例，讓更多的人知道病重也有治癒的機會。

確定診斷急性肺炎後，病人被移往看得見大海的病床，接受積極住院治療。

現場三

午夜起床幫病人換點滴後一覺到天明，當腦筋一清醒就想著病人，病情改善了呢？還是惡化了？趕緊起床盥洗後，打開門準備前往觀察病房時，刺眼的三月晨曦垂直射入我雙眼，我停頓一下，讓兩眼慢慢適應，看清楚了明亮的早晨，就快步走向病房。

走來病房窗口，急著轉頭瞧看，兩眼正對著一雙直視遠方的眼睛，我懷疑找錯了病床邊的窗子，我定神探頭看其它空床，難道是五瓶點滴的神蹟嗎？病床上的病人坐起來了，兩手臂扶著臉貼靠在窗緣上，兩眼注視大海，豎起耳朵聽海濤聲，難道大海消弭他心中的沮喪嗎？他張口說了一些激動的話，感謝早起的護士送他兩粒饅頭，他吃掉一粒就精神飽滿。

我走到病床邊，檢查發現他體溫微微下降，活動力漸有進展，雖然呼吸聲還帶著濃濃的痰音，我很把握地依同樣處方繼續治療。

太陽越過了蘭嶼島上空，衛生所又開始下午的工作，我走進觀察病房前，聽到病房多了一些嘈雜聲，我走進病房探個究竟，趕來探訪病人的家屬堅信昨夜惡靈出現了，他們堅持帶病人回自己的部落，千萬不能讓病人在衛生所斷氣。

我一向很欣賞執著的人，如同讚賞自己執意來蘭嶼工作一般，雖然看得出來他們已陷入矛盾的狀態，他們恐慌的眼神又好像責難我引誘病人來衛生所，當病人很不肯定地點頭後，我失望地低頭離開病房，病人迅速被帶回去。

再過一瓶全速點滴的時間，太陽就要落海了，一位時尚裝扮的年輕人走進診療室，驚惶般地尋找他父親，他在台北獲悉父親得重病正在衛生所治療，趕來探望，當我報告病人情況時，他嘴裡低咕著趕回部落去。

現場四

早上八點不到，時髦的年輕人又將病人帶回來，我拿出他父親的X光片，手指右肺下方手掌般大白影子，好像暴風雨前堆積的厚雲，恐怖得可以奪走人命，如果把握治療時機，也許可以治癒，他即刻安穩病人情緒，再次住進病房觀察治療。

下午，我躺著翻閱有關肺炎的資料時，護士小姐在門外大聲告訴我，病人家屬又要求出院，他嫁到台灣的女兒已在台東機場等候，把病人轉送馬偕醫院住院治療。

我馬上從彈簧床跳下來，跑去請司機先生開救護車，送病人去蘭嶼機場。

救護車過了漁人部落的小爬坡後消失，我深深地呼出一口氣，一併把心中沉重的壓力吐出來，一瞬間，心情如我頭上晴朗的天空。

現場五

飛去台灣五天，爲了辦理商調進修的公事，回來上班的早晨，一位深受島民稱讚的護士走進門診室，看我一眼後臉皮突然下垂，以非常惋惜的語氣告訴我，上星期因肺炎轉診馬偕醫院的病人住兩天就出院，據說他已故雙親靈魂親自接應，就這樣他回蘭嶼了，回部落的第三天，病魔耗損了他的生命，當天心臟就不跳了。

護士小姐越講越激動，她相信現代醫療原本可以救治他，就因他們的傳統信仰，讓病人反覆出入院，西方醫藥無法完全施展魔力及藥效，最後病魔惡靈戰勝了。

我感到很訝異，她這麼確定西方的醫術？！現代醫療不是全能，精通醫學的醫師面對生命的不確定也是恐慌，不認識病魔的人心裡壓力更沉重，然而我可以感覺病人違背傳統信仰的恐懼，遠大於病魔帶來的不安，留在家尚有親人陪伴，也許一樣病魔戰勝了，但他可以很安詳地離去。

我輕聲安慰護士小姐，不必太刻意改變他人，因爲企圖改變現狀等於製造另一種恐慌，我們一味強調現代醫療而忽視他們的感受，不就成了現代新惡靈嗎？

她點點頭表示可以理解，但口裡唸唸有詞：「傳統惡靈戰勝了現代惡靈。」

最後的禮物

寄完最後一批衣物之後，近幾天鬱悶的氣氛不見了，心情十分愉快。走出郵局大門時，腳步跨得很快，沒走幾步就到我宿舍前院，看到一位達悟男子站在我門前，手提網袋，看似又來送我禮物的姿勢。

蘭嶼行醫三年八個月了，看背影我也認識，他是患潛水病的老病人，我猜想他又潛水捉龍蝦了，跑來賣給海產店，然後找我幫忙解決他的痛苦。

我走過去叫他，我這次猜錯了，他凝重的表情不是因病痛，他的袋子裡不是魚蝦，原來他早知道我要回台灣了，他趕製一把木刀，今天完成完整的一副達悟短刀，他由東清部落趕來找我，送我最後一次的禮物。

我非常喜歡，但有點不好意思，他可能看到我感激的眼神，直接把它斜掛我胸前，很鄭重地告訴我，台灣的魔鬼太多了，達悟短刀可以保護我。

收下他的祝福之後，發現宿舍裡已沒有可互贈的禮物，我從胸口掏出山豬牙項鍊送他，也希望布農巫術可以祝福他的一家人。

一場夢

蘭嶼行醫的最後一夜我很早就入睡，夜裡，夢見騎著伴我四年的野狼機車，適巧月亮斜掛西半天邊，光照海水形成銀色波紋，折光照明環島公路，我可以得意忘形地飛速前進，不知不覺偏離了公路，騎進路旁小徑，越過顛簸卵圓石道路，來到屬於水的溝道，一不小心後輪踩上野牛糞便，而前輪打滑衝撞山壁，兩車輪繼續滾動而爬上懸崖峭壁，半途撞上由高聳山壁落下的強風，機車卻沒有減速，一往直前騎進一片熱帶雨林叢裡，參天莽林及繁密野草阻攔了去路，然而機車也很神奇地攀上熊腰般粗的藤蔓，朝向天空迴旋，我好奇地轉頭，依次看見蘭嶼六個部落安詳地座落山坡上，一溜煙衝上藤蔓遠端，就進入一叢叢白榕樹林，眼前正是蘭嶼第一高且終年不乾涸的天池，機車好像碰到了魔鬼，嚇得熄滅車燈，黑暗中我感到千隻爪般複雜的支柱根及氣根同時把我困住了，我極力掙脫，卻陷落冰冷的水池淤泥，越陷越深，兩車輪幾近全埋入泥水的同時，太陽正露出海平線，射出數萬條光芒，恰恰有一束光射進天池裡，我藉助於池水反彈的亮光，看見一條機車輪胎般粗的赤尾鮐蛇倒吊白榕樹枝上，伸舌指引我騎進陽光裡，我毫無戒心地側移到陽光裡，機車突然被陽光牽引上來，就以光速往後退，然後我被彈進棉被裡。

清晨一醒來，就躺著回味夜裡短暫的夢，讓我沉思好久，好像是很好的夢兆。

上班時間過了半小時，我背著當年來蘭嶼報到的軍用大背袋，站在房屋中央，低頭禱告，眞心感謝它遮蔽我躲過大風大雨，陪伴我度過孤獨的日子，遇到挫折時房屋是唯一的依靠，再多看它幾眼，眼瞼漸漸變重，很捨不得地轉身，慢慢打開最後一次的大門，就如往日一樣，關上門之後，站在門檻遠眺海角，出乎意料可望見台灣尾延展到台東海岸山脈，近在眼前，好像用力一跳就回台灣，心裡突然變得好興奮，轉身向爲我開啓千萬遍的大門鞠躬後，匆匆走向衛生所。

走過候診室時，一位挺著大肚子的準媽媽起身告訴我，此胎嬰兒沒上胎好運，沒福氣讓我接生；一位經常帶小孩來看病的婦人也走過來，她說以後小孩們生病該怎麼辦？他們異口同聲問我爲何不待久些？

我告訴他們蘭嶼醫療不能單靠個人的熱誠，即使我用一輩子當蘭嶼醫師，在蘭嶼的生命歷史中是微不足道的一小點，唯有建立完善的制度，吸引源源不斷更優秀的醫師，才能解決蘭嶼醫療的困境，我舉右手指向門診室正看診的巴主任，衛生所改制成群醫中心後，他願意再回來服務正是一個最佳實例，我話一說完，快步跑上二樓辦公室。

完成了離職手續，一一向同事們說些動人的告別辭之後，司機大哥以救護車的速度載我趕上飛機，走過機場大廳時遇上幾位朋友，卻來不及說再見，我就被催趕進二十人座小飛機上，一坐下來，螺旋槳開始起動了，當旋轉聲音越大，我的心跳越急，機輪轉動前進時，兩鼻翼開始抖動，隨即想放聲大哭，但我忍住用力閉嘴，眼睛卻擠出幾滴淚水，我趕緊擦乾眼淚，把眼睛睜大到極限，猶如飢渴的大嘴巴，儘可能把蘭嶼最後一眼的記憶儲存腦裡。

機輪離地慢慢升上天空，我的額頭緊貼機窗向下俯瞰，飛機正飛向懸立海邊的巨石「饅頭岩」，飛機好像害怕撞到山一般高的巨石，突然一個大轉彎，迅速飛離蘭嶼島上空，我依然往下望，看見由深變淺藍的清澈海水，好像不停地洗滌海岸沖不乾淨的黑礁岩，一轉眼之間，正眼只看見一片汪洋大海，陽光直射海面，形成閃閃金光反射入我眼底，我抬頭避開耀眼光線，飛機忽然搖晃一下，嚇得我往前看，眼前一片白茫茫，原來是飛機鑽入白雲裡。

一眨眼，飛機穿越雲端，我再回頭往後看，蘭嶼島變小了，看似藍色絨毯上一顆綠寶石，再次祝福蘭嶼島上的朋友後，它變成一粒小黑點，爾後在大海裡消失。

飛機飛了二十多分鐘，突然震動一下，發現機輪慢慢就定位，然後非常平穩地降落機場跑道，繼續滑進停機坪，當兩腳眞實地踏回台灣的地表面，猶如自夢鄉歸來，我終於完成實現行醫蘭嶼的夢。

飛魚記事

吹東南風的下午，歸鄉不久的夏曼・藍波安走來衛生所的門診室，一臉正經地對我說話，他已用盡各種形容詞且舌頭就要打結了，方才勸動船主答應帶我上船去捕飛魚，話一說完就轉身回去。

他神情莊嚴令我強力壓制心中的興奮，我坐著發呆一晌，無法瞬間確認他毫無預兆的邀約，看蘭嶼海一千三百多個日子裡，我天天期盼坐在蘭嶼木舟出海冒險，想著下一刻就要實際參與捕捉神祕飛魚，心臟加速跳動並牽引雙腿疾走回宿舍，迅速換穿泳褲，準備潛水鏡，蛙鞋和魚槍，並且翻閱我曾記錄的捕飛魚禁忌，避免冒犯禁忌而影響船主的命運。

夏曼・藍波安來敲門了，我急忙提起預備好的泳具走出門外，當他看著我手拎魚槍，臉色突然轉變，瞪大眼告訴我，我們不是去玩水，然後就轉頭走開，我反射式地丟下魚槍和泳具，快步追上夏曼・藍波安。

我們不說一句話地走來部落前的沙灘上，我看見濱海一處一艘大型蘭嶼木船，船邊有六個男人，低頭默默進行捕飛魚前的準備工作，我跟隨夏曼‧藍波安走到木船旁，船主正好抬頭看我們，他對著夏曼‧藍波安講幾句達悟話後，大家很有默契地走到船的兩邊就定自己的位置。

我糊裡糊塗地被夏曼藍波安分配到他的右側邊，船主說了一些話後，大家一致地用力推動木船，我來不及詢問上船的動作及程序，船首已接觸海水了，前頭兩人首先閃電般跨越船舷坐上船，接著向波浪接序雙雙對對跳上船，兩手迅速握住船槳，正當輪到我時，我的動作遲疑了半拍，下半身馬上陷入海水裡，我慌張的手亂抓住船緣，兩腳奮力踢水，肘臂彎勾住船舷，我重重的身體險些將船壓翻，突然一股大浪把我往上舉起，順勢翻身進船裡迅速抓起船槳，故作鎮定樣，馬上集中精神注意他們划槳的動作，雙手儘量跟著他們搖槳，然而手中的船槳無法跟上他們的節奏，使得木船好像油路不順的汽車，進行的方向有點偏斜，迫使船尾舵手忙著調整方向舵，很快的我察覺是潑水的深度不同，我修正了划槳打水的姿勢，船越過露出海面的小礁岩後，我可以划得很順手了。

大家划槳的動作已變得整齊畫一，木船像一片葉子輕快得划過水面，不多時我們划近一座可以比擬小山丘的大礁石雄偉挺峻的礁石上長了茂密的小樹和野草，有一個角度正眼望它，看似一位嚴肅的老人，點頭給它一個敬禮時，大家划槳的動作忽然變得很誇張，我轉頭看見海浪波紋變成恐怖的大波濤，浪花直噴射入船內，濺濕我的胸膛，我被突來的大浪嚇得嘴巴直唸上帝保佑，腦裡出現許多遐想，船底下呈現藍黑色的大潮流是黑潮嗎？夏曼・藍波安曾警告過我，遇見海流就當作是在台灣碰上大流氓，趕快逃離現場，千萬不能硬碰，否責備黑潮拉到日本去，我正想著如果木船翻覆時的求生應變方法，發現他們划槳的手臂恢復原來的輕鬆了，夏曼・藍波安突然放下木槳，拾起一個木製水瓢，屈身舀起船裡淹過腳背的海水，來回舀了數十瓢後，腳趾頭終於露出來，我內心惶恐不安消失了，同時船身漸漸平穩前進，我發現船已划出強勁的海流，船首正對著小蘭嶼島繼續前進。

心情隨著平穩的船身變得輕鬆起來，注意力可移出船體以外，我看見太陽好像也很興奮，它正等著西邊水藍色天幕前，就要馬上開始表演黃昏的戲碼，首先出現一塊蕃薯葉狀烏雲由海平面線升起，黑雲漸漸轉成淡紫，越接近太陽顏色變亮，暗紅然後橙黃，好像陽光蒸散了雲氣，蕃薯葉狀破得不成形了，我又看見兩塊雲霞緩緩飄移向夕陽，當我揣測下一刻它們的形狀時，突然船身一陣晃動，我回魂似地驚醒過來，發覺我的划槳韻律走調了，趕緊調整回來後，我感覺雙臂漸漸開始發酸，心裡渴望知曉何處是終點，然而大家上船出行後，沒有人開口說一句話，我擔心此刻出聲會冒犯捕飛魚的禁忌，只好閉嘴歪斜著頭用力搖槳。

再次跟上大家划槳的節奏，兩臂可又輕鬆起來，我兩眼盯著墨藍色海水，視線遭海浪干擾，看不見海中的生命，更無法目測海水深度，我腦裡出現許多幻影，船底隨時可能冒出海中怪物，此時此刻比起遊獵黑森林更恐怖。山上打獵還可循獵物足跡追擊或設陷阱誘捕粗心的獵物，現在我只看見舵手不停地修正航道，毫無目標地航行無邊際的海中，我們好像就得靠著他的手氣。

毫無預警也感覺不出任何徵兆的情形下，船主默示立刻撒下魚網，有兩人迅速拋下魚網，其他的人停止划水，舵手看見了飛魚的影子般忙著移動頭，忽然間在我右手側出現猛拍翅的聲音，腦裡迅速出現海鳥驚飛的假設，一陣「吱、吱、吱……」聲響越過我右耳，我敏捷的脖子一轉看見一個影子貼近海水面約半隻船槳的高度，好像飛魚飛彈，直飛衝向正前方，瞬息間又鑽入約百公尺遠的海水裡，夏曼．藍波安把我從驚奇恍惚的狀態叫醒並告訴我 那隻就是黑翅飛魚，

我倒回前刻的記憶，飛魚奮力展翅衝破海水面，停頓一霎時，轉頭選定方位後，猛拍翅膀，向前直飛，推翻了我對飛魚飛躍的想像，原來不是毫無目標地在海水平面跳來飛去，我興奮地放下划槳，集中精神注意周圍的海水面，我想再看見且確認飛魚飛行的美麗姿勢。

夏曼．藍波安伸出右手搖我左膝，好像擔心飛魚聽見地小聲告訴我，飛魚入網了，我仔細聽海水的聲音，聽了片刻，終於把飛魚入網跟掙扎打水聲響聯想在一起，我們眞的捕得飛魚了。

等了約空手潛水十回合的時間，我覺得船的重量似乎沒變，或許首次捕飛魚的興奮，讓我覺得一樣輕鬆，他們不出聲地將魚網收上船來，把捕獲的飛魚收起來後，再繼續向前划。

我們又停船撒下魚網，我心底想著如何協助才有更多的魚獲呢？默

默祈禱嗎？飛魚神聽懂布農話嗎？我本想問夏曼・藍波安尋找飛魚的技巧，船前開始收網的動作引起我的注意，轉頭刹那間，正眼對著島上最奇特的建築物，船已划來廢核料貯存廠前海域，我心中懷疑飛魚敢飛來嗎？會不會捉到魚怪呢？當他們拉回最後一把魚網，我很興奮地看見幾條飛魚在往裡掙扎著，他們靜靜地撿起捕獲的飛魚，好像布農獵人捕得獵物實不敢露出狂喜臉色，唯恐遭天神忌妒，他們收回魚網後又拿起船槳向前划行。

遠離廢核廠前的海域之後，木船划來一處清楚可見珊瑚礁的海上，船主又要大家收槳停船，原以爲又要撒網捕飛魚，夏曼・藍波安卻轉身叫我繼續手持木槳緩緩打水，留下一位年齡最長的舵手在船上，防護木船免得被海潮沖走，而他們有人正準備腰纏網袋，有人手持鐵棍，好像一群頑童有說有笑地準備跳水游泳，打破了原先沉重的氣氛，他們身手靈活地一個個跳入海裡，很自在又愉快地游來游去，看著他們像海豚般地潛水又浮出水面呼氣，心裡分羨慕。

我雙手搖槳而內心感到疑惑，船上這些魚就滿足他們了嗎？難道他們嚴格遵守不濫捕的自然原則，還是因船載台灣來的人，違反捕飛魚的傳統規則，運氣不佳而乾脆停止捕飛魚呢？

留在船上的老人突然伸手叫我，正好打斷我心裡的猜疑，他請我將跳入船艙的海水舀乾，我毫不遲疑地捉起水瓢，低頭將進水舀出來。

不知不覺海水變黑了，他們不約而同地游回船來，有人獵的是海中的食物，有人空手回來，卻每個人都一樣露出愉悅的表情，使我懷疑下海是不是一種儀式呢？當我想要開口發問，大家已就定位又開始搖起船槳。

船首對準紅頭部落往前行駛，好像我們的船被海流拉著向前衝，變得很輕鬆地划回去，划進海中的一塊大礁岩，我又被他吸引住了，正好夕陽於光照射岩石，想像起來酷似一位孤寂看海的紅頭老人，木船繼續前行，角度一轉變，紅頭老人變成一座深黑色有點可怕的海中巨物，移開視線到上存一絲光亮的天邊，發現夕陽已把大片雲快拉下來。

憑靠著船主他們的智慧，我們的船安穩的地在黑暗的海上行駛，划進紅頭部落前的海灣前，部落的路燈一個個點燃，船首好像對準了光點而快速衝去。

船底一碰上沙岸，我們一對對跳下船，我已學得他們得節奏跟著下船，然後合力推船上沙灘上。

急忙完成木船停泊沙灘上之後，有人收拾魚網及工具，有人抬出飛魚正準備洗淨，我站著仔細觀看捕飛魚後的工作，並等著我會不會也分得一份飛魚，我正要蹲坐沙石上時，我聽見他們的感嘆聲，他們正好像討論不太滿意的漁獲量。

我立刻彈回已彎曲的膝蓋的關節，在黑漆漆的沙灘上我看到夏曼．藍波安，感謝他給我珍貴的飛魚體驗，然後找到船主道謝一聲，看他點點頭之後，我轉頭離開海灣沙灘。

走回宿舍的路上，我回想前天飛魚怕怕的夢，魚神眞的托夢給我嗎？我該不該告訴他們呢？他們相信布農族的夢兆嗎？會不會認爲我編造故事，我甩甩頭不再去思索魚獲量少的原因，反正我已得著海中捕獵飛魚的實地經驗了。

39

《阿美族傳說》

林淳毅◎著

定價220元

《阿美族傳說》收藏了後山阿美族的動人傳說，有眾所熟悉也有沒沒無聞的，這些故事都能滿足你天馬行空的想像，更能認識阿美族人的動人智慧。集結阿美族的祭典故事、部落生活智慧、戰爭故事、精靈傳說，最後是東海岸巡禮，拜訪44個阿美族部落，進行阿美族地名的歷史軌跡之旅。

33

《番人之眼》

瓦歷斯・諾幹◎著

定價260元

來自泰雅部落的瓦歷斯・諾幹，承繼泰雅獵人的血統，以獵人捕捉飛鼠的銳利目光，穿透文明與荒野的界線，傳述來自山海部落的原住民心事。文字間，或是幽默，或是嘲笑，或是不滿，或是沉重悲哀，……皆是語重心長的部落心事。

42

《高砂王國》

達利・卡給◎著

定價360元

本書鮮活地陳述著泰雅族祖先起源的歷史傳說，生動的記錄泰雅族社會生活習俗與祭典儀禮，將親身的生活經驗、地理環境與部落耆老傳述所揉雜的記憶，描寫得栩栩如生；更詳述北勢八社天狗部落在日治時期的攻防與歸順，充滿著部落勇士高亢激昂的力度。

41

《神話•祭儀•布農人》

余錦虎◎著

定價250元

來自mai-asag的祖靈傳說，從神話看布農族的祭儀世代與奔馳於山林中的子民們，美啊尚是他們的故鄉、聖地與生命源頭；而太陽與小米，則交織出布農族人的生命歷史與文化內涵。當遠古時由太陽變成的巨人教會他們祭祀的方法與禁忌的那一刻起，美麗的神話伴隨著祭典與禁忌於焉產生，智慧開始累積……。

45

《泰雅族神話與傳說》

達西烏拉彎・畢馬（漢名：田哲益）◎著

定價380元

★榮獲2003年聯合報讀書人最佳書獎

泰雅族是台灣原住民中分布最廣的族群，分散面積最大，支系也多，流傳於各部落族群的傳說故事更是訴說不盡。然而隨著語言的流失、文字記載的缺乏、族群文化的漢化，這些神話故事逐漸在消逝；有鑑於此，作者努力蒐集泰雅族的神話傳說並整理成冊。

43

《泰雅的故事》

游霸士・撓給赫◎著

定價230元

作者以部落詩頌、歌謠做為本書的起始，從泰雅族的起源傳說漸層描述著屬於泰雅族的古老又動人的美麗故事、信仰與禁忌，以及祖先們走過的歷史、與生存環境搏鬥後的生活智慧，像是部落耆老低沉的嗓音，吟唱著優美的詩歌，滄桑中帶著讚頌的回憶，環繞周圍，久久不散……

56
《我在部落的族人們》
啟明・拉瓦◎著
定價200元

書中內容選擇以部落小人物的生活故事為主體，以散文與報導文學的多樣體裁呈現。這些小人物的故事，平淡或非凡、讚揚或貶抑、歡喜或悲傷，每個角色都是原住民的化身，每個故事的提問、批判與辛酸，也都在描摹當代原住民所面臨的現象與困境。

55
《台灣原住民傳統織布》
王蜀桂◎著
定價350元

以報導文學方式，介紹九族織布法、織布工具、各族織布紋路的差異及特色。作者更深入台灣各部落，找尋九族中仍擁有織布技術的老織女，企圖喚回一般人對古老織布文化的微薄記憶。透過淺白易懂的內容，讓讀者對傳統原住民織布概念更明確，體認這項珍貴的傳統技藝。

58
《太陽迴旋的地方》
——卜袞雙語詩集
卜袞・伊斯瑪哈單・伊斯立端◎著
定價250元

本詩集為作者卜袞繼《山棕月影》後的第二本以原住民布農族語創作的詩集。作者以文化、語言、書寫的角度，探索布農文化最深沈的內涵，並透過布農族語的寫作提供作為原住民母語教材，以漢語對照讓讀者一窺原住民文化的精緻之美與語言音律之美。

57
《泰雅傳統文物誌》
卡義・卜勇◎著
定價250元

★榮獲行政院新聞局「第二十九次中小學生優良課外讀物推介」

當塑膠籃漸取代竹編六角背籃，T恤取代傳統織布長衫，泰雅族高熊頭目卡義・卜勇驚覺，泰雅文物漸漸失傳了。於是，他和身為巫師的妻子開始進行泰雅部落踏查，蒐集已被族人視為無用之物的傳統文物，憑著一己之力及一股傻勁，努力做著泰雅文化傳承的工作……。

60
《北大武山之巔——
排灣族新詩》
讓阿淥・達入拉雅之◎著
定價250元

作者來自於排灣族最古老部落「巴達因」，且身為酋長家族傳人，以精簡的詩句描述自幼在山中射鹿部落裡的成長經歷，以及下山前往都市工作之後，對於山林生活的感念。詩中真情流露、遣詞造句自然不造作，排灣族依山傍水的傳統生活方式，感動的不只是作者，也召喚著現代都市人心中那一份對於大自然的嚮往。

59
《太陽神的子民》
陳英雄◎著
定價280元

陳英雄（排灣族名谷灣・打鹿）是台灣第一位出書的原住民作家，在台灣文學史上具有代表性及先驅者的地位。本書是他近年來的力作，描寫一個排灣領袖家族數代以來的變遷，在歷經百餘年來數次異族統治仍不低首屈服的抗爭血淚史，是一部綿長而壯觀的口傳故事。

國家圖書館出版品預行編目資料

蘭嶼行醫記／拓拔斯．塔瑪匹瑪著；——二版.——台中市：晨星發行，2012.8
面；公分.——（台灣原住民；028）

ISBN 978-986-177-614-9（平裝）

1.原住民 2.達悟族 3. 文學

855　　101011091

台灣原住民 28

蘭嶼行醫記

作者 拓 拔 斯 ． 塔 瑪 匹 瑪 （ 田 雅 各 ）
主編 徐 惠 雅
編輯 張 雅 倫
校對 邱 馨 慧
美術編輯 林 姿 秀
封面設計 王 志 峰
封面繪圖 謝 佳 倩

負責人 陳銘民
發行所 晨星出版有限公司
台中市407工業區30路1號
TEL：04-23595820 FAX：04-23550581
E-mail：morning@morningstar.com.tw
http：//www.morningstar.com.tw
行政院新聞局局版台業字第2500號
法律顧問 甘龍強律師
承製 知己圖書股份有限公司 TEL：（04）23581803
初版 西元1999年9月30日
二版 西元2012年8月6日

總經銷 知己圖書股份有限公司
郵政劃撥：15060393
（台北公司）台北市106羅斯福路二段95號4F之3
TEL：（02）23672044 FAX：（02）23635741
（台中公司）台中市407工業區30路1號
TEL：（04）23595819 FAX：（04）23597123

定價250元
ISBN 978-986-177-614-9
Published by Morning Star Publishing Inc.
Printed in Taiwan

◆讀者回函卡◆

以下資料或許太過繁瑣，但卻是我們瞭解您的唯一途徑，

誠摯期待能與您在下一本書中相逢，讓我們一起從閱讀中尋找樂趣吧！

姓名：________________ 性別：□男 □女 生日： / /

教育程度：________

職業：□學生 □教師 □內勤職員 □家庭主婦

□企業主管 □服務業 □製造業 □醫藥護理

□軍警 □資訊業 □銷售業務 □其他________

E-mail：________________ 聯絡電話：________________

聯絡地址：□□□________________

購買書名：蘭嶼行醫記

・誘使您購買此書的原因？

□於________書店尋找新知時 □看________報時瞄到 □受海報或文案吸引

□翻閱________雜誌時 □親朋好友拍胸脯保證 □________電台DJ熱情推薦

□電子報的新書資訊看起來很有趣 □對晨星自然FB的分享有興趣 □瀏覽晨星網站時看到的

□其他編輯萬萬想不到的過程：________________

・本書中最吸引您的是哪一篇文章或哪一段話呢?________________

・請您為本書評分，請填代號：1. 很滿意 2. ok啦！ 3. 尚可 4. 需改進。

□封面設計________ □尺寸規格________ □版面編排________ □字體大小________

□內容________ □文／譯筆________ □其他建議________

・下列書系出版品中，哪個題材最能引起您的興趣呢?

台灣自然圖鑑：□植物 □哺乳類 □魚類 □鳥類 □蝴蝶 □昆蟲 □爬蟲類 □其他________

飼養&觀察：□植物 □哺乳類 □魚類 □鳥類 □蝴蝶 □昆蟲 □爬蟲類 □其他________

台灣地圖：□自然 □昆蟲 □兩棲動物 □地形 □人文 □其他________

自然公園：□自然文學 □環境關懷 □環境議題 □自然觀點 □人物傳記 □其他________

生態館：□植物生態 □動物生態 □生態攝影 □地形景觀 □其他________

台灣原住民文學：□史地 □傳記 □宗教祭典 □文化 □傳說 □音樂 □其他________

自然生活家：□自然風DIY手作 □登山 □園藝 □觀星 □其他________

・除上述系列外，您還希望編輯們規畫哪些和自然人文題材有關的書籍呢?________

・您最常到哪個通路購買書籍呢? □博客來 □誠品書店 □金石堂 □其他________

很高興您選擇了晨星出版社，陪伴您一同享受閱讀及學習的樂趣。只要您將此回函郵寄回本社，我們將不定期提供最新的出版及優惠訊息給您，謝謝！

若行有餘力，也請不吝賜教，好讓我們可以出版更多更好的書！

・其他意見：________________

晨星出版有限公司 編輯群，感謝您！

請填妥對折裝訂，直接投郵即可，免貼郵票

廣告回函
台灣中區郵政管理局
登記證第267號
免貼郵票

407
台中市工業區30路1號

晨星出版有限公司

電話：04-23595820　傳真：04-23550581

請沿虛線摺下裝訂，謝謝！

晨星自然回函有禮，好書寄就送！

只要詳填《蘭嶼行醫記》回函卡，內附40元郵票（工本費），寄回晨星出版社，自然文學好書《行走林道》馬上送！

定價：180元

晨星自然

天文、動物、植物、登山、生態攝影、自然風DIY……各種最新最夯的自然大小事，盡在「晨星自然」臉書，快點加入吧！

晨星出版有限公司 編輯群，感謝您！